La ligne verte
2ᵉ épisode
Mister Jingles

ŒUVRES PRINCIPALES

Carrie
Shining
Danse macabre
Cujo
Christine
L'année du loup-garou
Salem
Creepshow
Peur bleue
Charlie
Simetierre
La peau sur les os
Différentes saisons
Brume - Paranoïa
Brume - La Faucheuse
Running Man
ÇA
Chantier
Misery
Marche ou crève
La tour sombre-1
La tour sombre-2
La tour sombre-3
Le Fléau
Les Tommyknockers
La part des ténèbres
Bazaar
Rage
Jessie
Dead Zone : l'accident
Dolorès Claiborne
Minuit 2
Minuit 4
Rêves et cauchemars
Insomnies
Les yeux du dragon

Stephen King

La ligne verte

2ᵉ épisode

Mister Jingles

Traduit de l'américain
par Philippe Rouard

Texte intégral

Titre original
The Green Mile
2 - The Mouse on the Mile
Published by agreement with the author c/o Ralph M. Vicinanza, Ltd.
© Stephen King, 1996
Pour la traduction française :
© EJL, 1996

1

La maison de retraite où j'ai jeté l'ancre et où j'aligne mes derniers pleins et déliés s'appelle Georgia Pines. Elle est située à environ quatre-vingt-dix kilomètres d'Atlanta et à deux cents années-lumière de la vie que mènent la plupart des gens — ceux, du moins, qui n'accusent pas encore quatre-vingts ans. Vous tous qui me lisez, veillez à ce qu'il n'y ait pas de Georgia Pines à l'affût de vos vieux jours. Oh, ce n'est pas une mauvaise maison, pas entièrement ; il y a la télé, la nourriture est correcte (bien que tout soit en purée), mais, à sa manière, c'est un cul-de-sac aussi mortel que l'était le bloc E à Cold Mountain.

Il y a même un gars, ici, qui me rappelle un peu Percy Wetmore, qui se pêcha un boulot à la ligne verte, parce qu'il était apparenté au gouverneur de l'Etat. Je doute que ce type-là ait une huile dans sa manche, même s'il fait comme si. Brad Dolan, il s'appelle. Toujours à se peigner les quelques poils qu'il lui reste, tout comme Percy, et toujours un machin à lire fiché dans la poche revolver. Percy, c'étaient des magazines comme *Argosy* et *Men's Adventures* ; Brad, ces livres de poche appelés *Gross Jokes* et *Sick Jokes*, de vrais catalogues de blagues bêtes et méchantes qu'il raconte à tout le monde.

Comme Percy, Brad est un sadique : pour lui, si c'est pas vache, c'est pas drôle.

Il y a un truc que m'a dit Brad l'autre jour et j'ai trouvé que, pour une fois, il avait pas tort. (Ce qui prouve bien que même une pendule arrêtée donne l'heure exacte deux fois par jour, comme dit le proverbe.)

— T'as sacrément de la chance, Paulie, de pas avoir cette maladie d'Alzheimer.

Voilà ce qu'il m'a balancé.

Je déteste qu'il m'appelle Paulie, mais il le fait exprès ; j'ai renoncé à lui demander d'arrêter. Il y a d'autres dictons qui s'appliquent à Brad Dolan : « On peut mener un âne à l'abreuvoir mais on ne peut pas l'obliger à boire », par exemple. Ou encore : « On peut lui mettre un chapeau et des guêtres, ça sera toujours un âne. » Finalement, dans son genre, il est tout aussi borné que Percy.

Quand il a fait ce commentaire à propos d'Alzheimer, il balayait le solarium, où je venais de relire ce que j'avais écrit. Ça faisait déjà pas mal de pages, et je crois bien qu'il y en aura un plus gros paquet encore, avant que j'en aie terminé.

— Ce machin d'Alzheimer, tu sais ce que c'est?

— Non, Brad, j'ai répondu, mais je suis sûr que tu vas me le dire.

— C'est le SIDA des vieux.

Et il s'est esclaffé, ouaf-ouaf-ouaf!, comme il le fait toujours de ses blagues débiles.

Ça ne m'a pas fait rire ; cette vieille barbe avait touché un nerf sensible. Cette fichue maladie d'Alzheimer ne manque pas de clients dans notre belle résidence de Georgia Pines. Et, j'ai beau ne pas être preneur, je n'en ai pas moins quelques petits problèmes de mémoire dus à l'âge. Je me souviens de tout, notez, mais pour ce qui est des dates, il y a un hic. Par exemple, je me souviens de tous les événements de cette année 1932 ; c'est leur ordre qui, des fois, fait désordre dans ma tête. Mais je ne m'en fais pas, je sais que si je m'applique, je suis encore capable de vous raconter ça comme il faut.

John Caffey est arrivé au bloc E en octobre 32, condamné à franchir la ligne verte pour le meurtre des jumelles Detterick, âgées de neuf ans. C'est mon repère principal et, si je ne le perds pas de vue, tout ira bien. William « Wild Bill » Wharton a débarqué après Caffey ; Delacroix, avant. De même que la souris, celle que Brutus Howell — Brutal pour les intimes — a baptisée Steamboat Willy, et que Delacroix a rebaptisée Mister Jingles.

Enfin, appelez-la comme vous voudrez, mais elle était là avant tout le monde, même avant Del ; on était encore en été quand elle est apparue pour la première fois, et on avait deux prisonniers à ce moment-là : Arlen Bitterbuck, dit le Chef, et Arthur Flanders, dit le Président.

Cette souris. Cette fichue souris. Delacroix l'aimait, mais ce n'était sûrement pas le cas de Percy.

Il avait à peine posé le regard sur elle qu'il la haïssait déjà.

2

La souris était revenue trois jours après que Percy lui eut donné la chasse tout le long de la ligne verte. Dean Stanton et Bill Dodge discutaient politique, ce qui revenait en ce temps-là à parler de Roosevelt et de Hoover — non pas John Edgar Herbert, le mec du FBI, mais Herbert Hoover, le président des Etats-Unis. Ils grignotaient des crackers Ritz que Dean avait achetés au vieux Toot-Toot une heure plus tôt. Percy se tenait à trois pas du petit bureau, traînant l'oreille tout en s'exerçant à manier cette matraque qu'il aimait tant. Il la tirait de ce holster ridicule qu'il avait eu je ne sais où, la faisait tournoyer (enfin, essayait, car neuf fois sur dix elle serait tombée par terre sans la boucle de cuir passée à son poignet), puis il la rengainait. Je n'étais pas de service ce soir-là, mais Dean m'a fait un rapport complet le lendemain.

La souris a remonté la ligne verte de la même façon que précédemment : elle trottinait, s'arrêtait devant les cellules vides pour une petite vérification et se remettait en route, pas découragée, comme si elle savait que ce serait une longue quête, ce qui a été le cas.

Cette fois, le Président ne dormait pas. Ce type,

c'était quelque chose : il réussissait à paraître pimpant même dans son bleu pénitentiaire. Rien que par son allure on savait qu'il n'était pas promis à la Veuve Courant — et on ne se trompait pas : moins d'une semaine après le deuxième round de Percy contre la souris, le Président a vu sa condamnation à mort commuée en détention à vie et il a rejoint la population des autres blocs.

— Hé ! il a dit. Y a une souris dans le couloir ! C'est quoi, ce boui-boui que vous tenez, messieurs ?

Il ne se marrait qu'à moitié ; l'autre moitié, d'après Dean, la jouait offusquée, comme si une inculpation pour meurtre n'avait pas tout à fait éliminé en lui l'ex-membre du Lion's Club. Il avait été le directeur régional d'un consortium immobilier et s'était cru assez malin pour balancer par la fenêtre du troisième étage son sénile de père et toucher l'assurance sur la vie du daddy. Finalement il l'avait eue, son assurance. Plus de soucis : logé-nourri-blanchi jusqu'à la fin de ses jours !

— Ta gueule, grand con !

C'était Percy, mais chez lui c'était un automatisme. Il avait rengainé sa matraque et sorti l'un de ses magazines. A la vue de la souris, il a balancé sa lecture sur le bureau et, tirant sa matraque, s'est mis à la cogner doucement contre les phalanges de sa main gauche.

— Fils de pute, a dit Bill Dodge, j'ai encore jamais vu une souris, ici.

— Ouais, elle est plutôt mignonne, et pas trouillarde pour deux sous, a renchéri Dean.

— Qu'est-ce que t'en sais ?

— Elle était là l'autre nuit. Percy aussi l'a vue. Brutal lui a trouvé un nom : Steamboat Willy. Parce que c'est une souris mec, figure-toi.

Percy a ricané un peu mais il a pas fait de commentaires. Il a continué de se taper doucement sur les doigts.

— Attends, a dit Dean à Bill. La dernière fois, il est venu jusqu'au bureau. J'aimerais bien voir s'il va recommencer.

Il l'a fait, passant au large de la cellule du Président, comme s'il n'aimait pas l'odeur du parricide. Il a vérifié deux des cellules vides, est même entré dans l'une pour renifler la couchette nue, et puis est revenu sur la ligne verte. Et Percy, qui se tenait là pendant tout ce temps, à jouer de son bâton, sans l'ouvrir pour une fois, impatient de lui faire regretter sa nouvelle incursion, à Mickey Mouse.

— Une bonne chose que vous ayez pas à le coller sur Miss Cent Mille Volts, a dit Bill, curieux malgré lui. Vous auriez du mal à lui mettre la calotte et les sangles.

Percy ne disait toujours rien mais il tenait maintenant sa matraque entre ses doigts, comme un gros cigare.

La souris s'est arrêtée au même endroit que la fois précédente — à un mètre du bureau — et elle a regardé Dean tel un prisonnier devant le tribunal. Elle a jeté un bref regard à Bill et a reporté son attention sur Dean, en ignorant complètement Percy.

— Pas à dire, l'a des couilles, ce p'tit bestiau, a dit Bill.

Puis, élevant un peu la voix :

— Ohé ! Steamboat Willy !

A part un léger tressaillement des oreilles, la souris n'a pas tenté de fuir ni même esquissé un mouvement.

— Maintenant, regarde ça, a dit Dean, qui se rappelait comment Brutal avait donné à la bestiole une part de son sandwich au corned-beef. Je sais pas si elle le fera encore, mais...

Il a brisé un cracker et en a laissé tomber un morceau devant la souris. Elle a regardé pendant une seconde ou deux le bout de cracker de ses petits yeux perçants, l'a reniflé dans un tricotement de moustaches fines comme des filaments, puis l'a pris entre ses pattes, s'est assise sur son arrière-train et a commencé à grignoter.

— Ça alors ! J'en suis sur le cul ! s'est exclamé Bill. Elle te mange son cracker comme une petite fille bien élevée au goûter de la femme du pasteur.

— J'dirais plutôt comme un nègre bouffant de la pastèque.

La remarque, lâchée d'un ton rogue, venait de Percy, mais ni Dean ni Bill ne lui ont prêté attention. Le Chef et le Président non plus, d'ailleurs. La souris a terminé le cracker mais est restée assise, appuyée sur sa queue lovée, à contempler les géants en bleu.

— Laisse-moi essayer, a dit Bill.

Il a cassé le coin d'un cracker, s'est penché par-dessus le bureau et a laissé choir le morceau devant la souris. Elle l'a reniflé et n'y a point touché.

— Bah ! a fait Bill. Elle doit avoir le ventre plein.

— Non, elle sait que t'es qu'un bleu, c'est tout, a répliqué Dean.

— Un bleu, moi ? Tu rigoles ! Ça fait autant de temps que Terwilliger que j'suis ici ! Peut-être plus, même !

— T'excite pas, le vétéran, t'excite pas. Tiens, regarde si j'ai pas raison.

Dean a balancé un autre bout par-dessus le bureau. Et sûr que la souris l'a pris et l'a attaqué de ses quenottes, délaissant totalement la contribution de Bill. Mais elle n'avait pas grignoté plus de deux bouchées que Percy lançait sa matraque comme un javelot.

Une souris est une petite cible et, rendons au diable ce qui lui appartient, le coup était joli et aurait pu briser le crâne de Willy, si celui-ci n'avait eu des réflexes aussi aiguisés que des éclats de verre. Il a rentré la tête dans les épaules — oui, comme un humain l'aurait fait — et a laissé tomber son cracker. Le lourd bâton de noyer lui est passé au-dessus du crâne et lui a frôlé l'échine au point de lui ébouriffer le poil (c'est ce que Dean m'a raconté, bien que j'aie du mal à le croire), avant de rebondir sur le lino vert et de finir sa course contre les barreaux d'une cellule vide.

La souris, elle, n'a pas attendu de voir si c'était une erreur ou un accident ; se souvenant d'un rendez-vous urgent, elle a pris ses pattes à son cou, direction la cellule de contention.

Percy rugissait de rage : il avait raté de si peu cette saleté. Il s'est élancé après elle. Bill Dodge, probablement par pur instinct, lui a attrapé le bras et a tenté de le retenir, mais Percy s'est dégagé. N'empêche, m'a confié Dean, c'est probablement ça — le geste de Bill — qui a sauvé la vie à Steamboat Willy, et il s'en est fallu de peu. Percy ne voulait pas seulement tuer la souris, mais l'aplatir, l'écrabouiller à coups de talon, c'est pourquoi il courait en faisant de grands bonds ridicules, comme un daim, frappant le sol de ses lourds brodequins noirs. Willy, en zigzaguant, a évité les deux derniers bonds de Percy, a plongé sous la porte dans un ultime coup de fouet de sa longue queue rose, ciao la compagnie !

— Putain ! a beuglé Percy, avant de taper du plat de la main contre la porte.

Et puis il s'est mis à tripoter son trousseau de clés, décidé à entrer dans la cellule pour poursuivre la chasse.

Dean est allé le rejoindre en se forçant à marcher lentement parce qu'il voulait absolument garder son sang-froid. Il m'a dit qu'il avait envie de rire de Percy mais qu'il avait aussi furieusement envie de l'empoigner, de le coller contre le mur et de lui faire une tête au carré. Histoire de lui apprendre à ne pas foutre la merde dans le bloc. Notre travail dans le couloir de la mort, c'était de veiller à ce qu'il y ait le moins de barouf possible, et le barouf, ç'aurait pu être le second prénom de Percy Wetmore. Travailler avec lui, c'était comme essayer de désamorcer une bombe avec quelqu'un qui jouerait des cymbales à quelques centimètres de vos oreilles. Bref, agaçant. Et Dean m'a dit qu'on pouvait lire cet agacement dans les yeux du Chef et même du Président, pourtant flegmatique comme un dindon.

Et puis il y avait une autre raison. Dean, déjà, acceptait la souris. Peut-être pas comme une amie, mais comme un être vivant. Un être vivant, dans le bloc! Or ce que Percy avait fait — et essayait encore de faire — n'était pas bien. Que l'objet de sa fureur fût une souris ne changeait rien à l'affaire : Percy ne comprendrait jamais pourquoi ce n'était pas bien, et ça prouvait à quel point ce type-là n'avait vraiment pas sa place au bloc E.

Quand Dean est arrivé au bout du couloir, il avait repris le contrôle de ses nerfs et savait comment jouer la partie. S'il y avait une chose que Percy ne supportait pas, c'était de passer pour un idiot, et ça, nous le savions tous.

— Mince, elle t'a encore baisé!

Et Dean de se fendre d'un grand sourire : il se payait ouvertement la fiole de l'autre taré.

Percy lui a lancé un regard fielleux et a rejeté une mèche rebelle de son front.

— Fais gaffe à tes paroles, Quatre-Yeux. J'ai les boules. Alors, pousse pas.

— Quoi, c'est jour de déménagement, encore ? a fait Dean en se retenant de pouffer. Dis donc, cette fois, quand tu auras tout sorti, passe la serpillière, tu veux ?

Percy a regardé la porte, il a regardé ses clés. A pensé à un nouveau chambardement de la cellule avec ses murs matelassés, pendant que les deux autres, sans compter le Chef et le Président, le regarderaient suer... Il a fini par grogner :

— Qu'est-ce qu'y a de si drôle ? On a pas besoin de souris dans le bloc, il y a déjà assez de vermine comme ça, ici, pas la peine d'en rajouter.

— C'est comme tu voudras, Percy.

Dean, rigolard, a levé les mains. Et c'est à ce moment-là, il me l'a dit la nuit dernière, qu'il a bien cru que Percy allait enfin se foutre en rogne. Dean n'attendait que ça.

Et puis Bill Dodge s'est pointé et il a calmé le jeu :

— T'as laissé tomber ça, il a dit à Percy en lui tendant sa matraque. Un centimètre plus bas, et tu lui cassais les reins, à ce p'tit salopiaud.

A ces paroles, Percy s'est redressé, fiérot. Il a rengainé son bout de bois comme si c'était un colt en or.

— Ouais, c'était pas un vilain coup. J'étais champion de base-ball au lycée. Même qu'on m'appelait le Roi de la Batte.

— Non, c'est pas vrai ? a dit Bill d'un ton de voix si respectueux (tout en décochant un clin d'œil à Dean, quand Percy a détourné la tête), que ça a suffi pour détendre la situation.

— Ouais, a dit Percy. A Knoxville. Les autres, là,

les gars de la ville, ils ont jamais vu venir mes balles. On aurait pu leur filer la pâtée sans ce grand con d'arbitre.

Dean aurait pu en rester là mais il avait de l'ancienneté sur Percy, et le rôle d'un ancien est d'instruire les plus jeunes. A ce moment-là — avant Caffey, avant Delacroix —, il pensait que Percy pouvait peut-être apprendre. Alors, il l'a pris par le bras et il lui a dit :

— Hé, Percy, j'voudrais que tu réfléchisses à ce que t'étais en train de faire, là.

Son intention, il me l'a dit plus tard, était de paraître grave et sérieux mais pas réprobateur. Pas trop, en tout cas.

Sauf qu'avec Percy ça n'a pas marché. Il était incapable d'apprendre quoi que ce soit. Mais ça, on allait tous le savoir bien vite.

— Ecoute, Quatre-Yeux, je sais c'que je fais et j'veux la peau de cette souris. T'es aveugle ou quoi ?

— Tu as fait peur à Bill, à moi et à eux, a repris Dean en pointant le pouce en direction de Bitterbuck et de Flanders.

— Et après ? Ils sont pas à la maternelle, au cas où tu l'aurais pas remarqué. Bien qu'on se demande parfois, à la façon dont vous les traitez.

— Moi, j'aime pas qu'on me fasse peur, a grommelé Bill, et je bosse ici, Wetmore, au cas où tu l'aurais pas remarqué. Et j'suis pas un de tes grands cons.

Percy l'a regardé en plissant les yeux mais c'était surtout pour cacher un début de trouille.

— On les traite comme on doit les traiter, parce qu'ils sont sous une putain de tension, a repris Dean d'une voix basse. Et des hommes qui sont sous une putain de tension peuvent casser, des fois. Se faire mal. Faire mal à d'autres. Et aussi nous attirer pas mal d'ennuis.

Percy a tiqué un peu à cette idée. Les « ennuis », ça lui parlait. En causer aux autres, ça ne le gênait pas. En avoir lui-même, non merci.

— Notre travail est de dialoguer avec les prisonniers, pas de hurler, a continué Dean. Un homme qui hurle est un homme qui a perdu le contrôle.

Percy savait qui avait écrit ce commandement : moi. Le patron. Entre Percy Wetmore et moi c'était pas l'amour fou, et on n'était encore qu'en été, souvenez-vous — bien avant que les festivités, les vraies, ne commencent.

— Tu ferais mieux de penser que cet endroit est une salle de soins intensifs dans un hôpital, Percy. Mieux vaut respecter le silence...

— Je pense que cet endroit est un seau rempli de pisse où noyer des rats, a rétorqué Percy. Rien de plus. Et maintenant, lâche-moi.

Il s'est dégagé et a remonté le couloir, la tête basse. Il est passé un peu trop près des barreaux du Président — assez près pour que Flanders puisse l'agripper au passage et lui éclater le crâne avec cette même matraque dont le crétin était si fier. Mais Flanders n'était pas le genre d'homme à faire ça. Le Chef, lui, peut-être. S'il en avait eu l'occasion, sûr qu'il lui aurait fait goûter de la dureté du noyer. Ce que Dean m'a rapporté de l'incident la nuit suivante m'a toujours frappé, si je puis dire, parce que ça s'est avéré être une espèce de prophétie.

— Wetmore comprend pas qu'il n'a aucun pouvoir sur eux, il m'a dit. Il comprend pas qu'il pourra jamais leur rendre la vie pire qu'elle ne l'est déjà, qu'ils ne peuvent être électrocutés qu'une seule fois. Tant qu'il aura pas compris ça, il sera un danger pour lui-même et pour tous ceux du bloc.

Percy s'est réfugié dans mon bureau et a claqué la porte derrière lui.

— Putain, ce mec doit avoir une infection aux couilles, a commenté Bill Dodge.

— T'as encore rien vu.

— Allons, faut voir le bon côté des choses.

Bill disait toujours à qui voulait l'entendre qu'il fallait voir le bon côté des choses ; ça finissait par vous taper sur le système, à la longue.

— Pense à ta souris savante, elle s'en est tirée, a ajouté le brave Bill.

— Ouais, mais on la reverra plus. Cette fois, ce salaud lui a fichu la trouille pour de bon.

3

C'était logique mais faux. La souris est reparue le lendemain soir, qui se trouvait être la première des deux nuits où Percy Wetmore n'était pas de service.

Steamboat Willy s'est pointé sur le coup des sept heures. J'étais là pour le voir faire son entrée, et il y avait aussi Dean, et Harry Terwilliger, qui était de permanence. Je faisais la journée, cette semaine-là, mais j'étais resté à bavarder avec le Chef, pour qui l'échéance se rapprochait.

Bitterbuck, tradition indienne oblige, la jouait stoïque, mais je voyais bien que l'angoisse de la fin croissait en lui comme une fleur vénéneuse. Alors, on a parlé. On pouvait le faire pendant la journée mais ce n'était pas l'idéal avec les cris et les bruits de conversations dans la cour de promenade (sans parler des bagarres de temps à autre), le cling-clang-clung des emporte-pièces de la tôlerie et les gueulantes des gardiens. A partir de quatre heures, ça allait un peu mieux et, après six heures, encore mieux. Oui, de six à huit, c'était l'idéal. Passé huit heures, les idées noires se levaient en même temps que la nuit et on pouvait voir défiler de méchantes ombres dans leurs yeux; il était temps d'arrêter les frais. Oh, ils entendaient toujours ce que vous leur disiez, mais ça n'avait plus de sens pour eux. Passé huit heures, ils se préparaient à la longue veille nocturne, avec toujours les mêmes questions : quel effet ça faisait, cette calotte de fer sur la tête ? Quelle odeur avait cete cagoule noire qu'on abaisserait sur leur visage en sueur ?

Mais, ce soir-là, j'ai pu avoir une bonne conversation avec le Chef. Il m'a parlé de sa première femme et de la cabane qu'il avait construite avec elle là-bas, au diable, dans le Montana. Les plus beaux jours de sa vie, il m'a dit. L'eau était si pure et si froide que chaque fois qu'on en buvait, on avait l'impression de se fendre la gueule en deux.

— Dites, monsieur Edgecombe, si un homme se repent sincèrement du mal qu'il a fait, vous pensez pas qu'il pourrait retourner là où il a été le plus heureux et y vivre pour l'éternité ? Ce serait pas ça, des fois, le paradis ?

— Eh bien, pour vous dire la vérité, monsieur Bitterbuck, c'est exactement comme ça que je le vois, le paradis.

Bien sûr, c'était un mensonge, mais un que je ne regrette pas. J'avais appris ces choses de la religion sur les genoux de ma mère et je croyais ce que la Sainte Bible disait de ceux qui ont tué : l'éternité ne sera jamais pour eux. Je pensais même qu'ils filaient direct en enfer, pour y brûler dans les tourments jusqu'à ce que le bon Dieu donne finalement le signal à Gabriel de souffler dans la trompette du Jugement dernier. Alors, au premier coup de biniou, pfuit ! les assassins disparaissaient comme par enchantement, et bien contents de s'en tirer à si bon compte. Mais jamais je n'ai dit un mot de mes croyances à Bitterbuck ni à aucun autre. Je suis sûr que, dans leur cœur, ils le savaient. « Qu'as-tu fait !

Ecoute le sang de ton frère crier vers Moi du sol ! » a dit Dieu à Caïn, et je ne pense pas que Caïn soit tombé du ciel en entendant ça car je parie qu'elle le poursuivait à chaque pas, la plainte du sang fraternel.

Le Chef souriait quand je l'ai quitté ; peut-être qu'il pensait à cette cabane de rondins dans le Montana et à sa femme reposant la poitrine nue dans la lueur de l'âtre. Du feu, Bitterbuck en connaîtrait bientôt un, et bien plus dévorant.

J'ai remonté le couloir, et Dean m'a rapporté son petit accrochage de la veille avec Percy. Dean avait attendu que j'aie enfin un moment de libre pour m'en parler et je l'ai écouté avec beaucoup d'attention. J'étais tout oreilles dès qu'il s'agissait de Wetmore, et j'approuvais Dean à cent pour cent : Percy était le genre d'individu capable de causer de gros ennuis, autant à lui-même qu'aux autres.

Dean terminait son histoire quand le vieux Toot-Toot s'est ramené avec sa roulante rouge qu'il avait graffitée de citations bibliques (« L'Eternel jugera son peuple », Deutéronome, XXXII, 36 ; « Je redemanderai le sang de vos âmes », Genèse, IX, 5, et autres consolantes paroles). Nous lui avons acheté quelques sandwiches et boissons. Dean cherchait de la monnaie dans sa poche tout en marmonnant qu'on ne reverrait plus Steamboat Willy, parce que ce tordu de Wetmore l'avait effrayé pour de bon, quand Toot-Toot a lâché d'une voix grasseyante :

— Et ça, c'est quoi, alors ?

On a tourné la tête et on a vu la souris qui remontait au petit trot la ligne verte, s'arrêtait pour regarder dans les cellules de ses petits yeux brillants comme des gouttes d'huile et reprenait son chemin.

— Hé, souris !

C'était le Chef. L'interpellée s'est immobilisée, l'a regardé, les moustaches frémissantes. Ma parole, on aurait juré que cette fichue bestiole savait que c'était elle que Bitterbuck avait appelée.

— Tu serais pas un chaman ? a dit le Chef.

Et de lui jeter un petit morceau de fromage. Le frometon a atterri juste devant Steamboat Willy, mais c'est tout juste s'il lui a jeté un coup d'œil avant de se remettre en marche.

— Hé ! chef Edgecombe, a appelé le Président. Vous ne pensez pas que cette bestiole sait que Wetmore n'est pas là ? En tout cas, moi, j'en suis sûr !

Moi aussi, j'avais cette impression... mais je n'allais pas le reconnaître tout haut.

Harry est ressorti dans le couloir en se remontant la ceinture du pantalon comme il le fait toujours après une vidange aux toilettes et il s'est arrêté en ouvrant de grands yeux. Toot-Toot aussi était bouche bée, et l'affaissement de sa mâchoire inférieure dévoilait un reste peu ragoûtant de chicots.

La souris s'est immobilisée là où elle en avait pris l'habitude : devant le bureau. La queue lovée autour des pattes, elle a levé la tête vers nous. Et, une fois de plus, il m'est revenu des souvenirs de juges prononçant leur sentence à l'encontre d'infortunés inculpés — mais y avait-il jamais eu de prisonnier aussi petit et aussi courageux que cette souris ? Quoique, prisonnière, elle ne l'était pas, elle pouvait aller où bon lui semblait. Il n'empêche, l'idée restait ancrée dans mon esprit et, de nouveau, j'ai pensé que nous nous sentirions tous bien petits quand l'heure viendrait de paraître devant Dieu et que seuls quelques-uns d'entre nous feraient preuve d'une telle bravoure.

— Ben, que j'sois pendu si cette souris-là a pas mangé du chat ! s'est exclamé Toot-Toot.

— T'as encore rien vu, Toot, a dit Harry. Tiens, regarde ça.

Il a plongé la main dans la pochette de sa vareuse et en a sorti une tranche de pomme confite à la cannelle enveloppée dans du papier paraffiné. Il en a lancé un morceau par terre. Le morceau, caoutchouteux, a rebondi au-dessus de la souris mais, comme on attrape une mouche au vol, elle l'a rabattu d'un coup de patte. On a tous exprimé notre admiration et notre étonnement d'un éclat de rire qui aurait foutu la trouille à un éléphant, mais Steamboat Willy n'a pas cillé. Il a pris le morceau de fruit confit entre ses petites griffes, en a grignoté le pourtour et puis l'a laissé tomber pour nous regarder avec l'air de dire, pas mauvais, qu'est-ce que vous avez d'autre ?

Toot-Toot a ouvert le couvercle de sa cambuse et en a sorti un sandwich au salami.

Dean a agité l'index en essuie-glace :

— Te donne pas cette peine.

— Quoi ! T'as déjà vu une souris cracher sur du salami ?

Mais je savais que Dean avait raison et je voyais à l'expression de Harry que lui aussi savait. Il y avait les bleus et les vétérans, il y avait les gens de passage et les permanents. Et on ne la lui faisait pas, à Steamboat Willy. C'était peut-être dingue mais véridique.

Le vieux Toot-Toot a balancé son morceau de salami et, bien évidemment, la souris a reniflé la chose rien qu'une fois puis a détourné la tête.

— Ben, merde alors ! a grogné Toot-Toot, manifestement vexé.

J'ai tendu la main.

— Donne-moi ça.

— Quoi... le san'ouiche ?

— Oui, je te le paierai.

Toot-Toot m'a refilé le sandwich. J'ai soulevé le pain, pris un autre morceau de salami et l'ai laissé choir devant le bureau. La souris n'a pas lambiné : elle l'a ramassé illico et presto l'a dévoré.

— Que j'sois pendu ! s'est écrié Toot-Toot. Donne-moi ça !

Il a repris le sandwich et ce n'est pas un morceau de rondelle mais une rondelle entière qu'il a parachutée sur Steamboat Willy. A deux centimètres près, la rondelle lui tombait sur la tête comme une ombrelle rose. Mais le petit Willy n'y a pas touché, c'est tout juste s'il y a collé son bout de truffe noire avant de lever de nouveau les yeux vers nous. Et pourtant ça devait être le vrai jackpot, pour une souris. Sûr qu'elle n'avait pas ça au menu tous les jours, surtout en ces temps difficiles.

— Vas-y, bouffe ! a gueulé Toot-Toot, plus froissé que jamais. Pourquoi tu fais le fier ? Y te plaît pas, mon salami ?

Dean a pris le sandwich. C'était à lui de donner. Ça commençait à devenir une sorte de rituel. Comme si, chacun son tour, on communiait. La souris a boulotté de bon cœur le morceau de Dean. Et puis, elle nous a tiré sa révérence. On l'a tous observée qui redescendait le couloir, s'arrêtant pour regarder dans deux cellules vides et faire un petit tour d'inspection dans une troisième. Et, là encore, je me suis dit que peut-être elle cherchait quelqu'un, sauf que, cette fois, j'ai eu plus de mal à chasser cette idée farfelue.

— En tout cas, comptez pas sur moi pour parler de cette histoire, a déclaré soudain Harry d'un air mi-sérieux, mi-goguenard. Un, ça intéresserait personne. Deux, y en aurait pas un pour le croire.

— L'a rien voulu d'ma main, l'bestiau, a dit Toot-Toot, rien que d'vous.

Il a secoué la tête de stupeur et puis il s'est baissé pour ramasser la rondelle qu'avait dédaignée Willy et l'a enfournée dans sa bouche édentée.

— Pouvez m'dire pourquoi qu'y fait ça ?

— J'ai une meilleure question, est intervenu Harry. Comment il savait que Percy n'était pas de service ?

— Il ne le savait pas, j'ai dit. C'est un hasard, si cette souris s'est pointée ce soir.

Sauf qu'à la longue, c'est devenu de plus en plus difficile à croire, parce que Steamboat Willy apparaissait uniquement les soirs où Percy Wetmore était de congé ou de service ailleurs qu'au bloc E. Harry, Dean, Brutal et moi, on a fini par conclure que ce devait être la voix ou l'odeur de Percy qui avertissait la souris de la présence de son ennemi. Mais, d'une façon générale, on évitait de trop parler de Steamboat Willy. On sentait, sans avoir à se le dire, que cette histoire qu'on vivait avec lui était à nous, rien qu'à nous, et que c'était une chose vraiment étrange et belle et précieuse. Allez savoir pourquoi, mais c'était nous que Willy avait choisis. Et Harry avait raison quand il disait que ce ne serait pas bon d'en parler aux autres, pas seulement parce qu'ils ne nous croiraient pas mais parce qu'ils s'en foutraient.

4

Et puis vint le jour de mourir pour Arlen Bitterbuck qui, en réalité, n'était pas chef mais le premier des anciens de sa tribu dans la réserve de Washita et aussi membre du conseil des Cherokees. Il avait tué un homme alors qu'il était fin saoul; en vérité, la victime était aussi ivre que le Chef, qui lui avait fracassé le crâne avec un parpaing. Tout ça pour une paire de bottes. Et voilà que *mon* conseil des anciens venait de fixer l'exécution au 17 juillet de cet été pluvieux.

Les heures de visite pour la grande majorité des détenus à Cold Mountain étaient aussi rigides que des poutrelles d'acier, mais ce n'était pas le cas pour nos garçons du bloc E. Le 16 juillet, Bitterbuck fut autorisé à se rendre au parloir, surnommé l'Arcade, une longue salle qui jouxtait la cafétéria et que divisait en deux un grillage entremêlé de fil barbelé. Le Chef y recevrait la visite de sa seconde femme et de ceux de ses enfants qui ne l'avaient pas renié. Le temps des adieux était venu.

Bill Dodge et deux autres bleus l'ont conduit à l'Arcade. Nous, on avait du boulot : il fallait procéder à deux répétitions au moins. Trois, si possible. Le tout en une heure.

Percy ne protesta pas quand on l'affecta à la cabine des commandes avec Jack Van Hay pour l'électrocution de Bitterbuck. Il était encore trop nouveau pour reconnaître une mauvaise place d'une bonne. Tout ce qu'il savait, c'est qu'il pourrait regarder par la fenêtre grillagée ; après tout, il s'en fichait de voir le dos de la chaise plutôt que le devant, du moment qu'il était assez près pour voir gerber les étincelles.

Juste à côté de cette fenêtre, à l'extérieur, il y avait un téléphone mural, sans cadran. Un téléphone qui ne pouvait que recevoir les appels — et encore, d'un seul endroit : le bureau du gouverneur. J'ai vu pas mal de films dont l'action se déroule dans des pénitenciers et ce bigo sonne toujours à la dernière minute, juste avant qu'on lâche les cent mille volts sur un innocent. Le nôtre, lui, n'a jamais sonné une seule fois de toutes mes années passées au bloc E. Non, monsieur, pas une. Au cinéma, le salut est bon marché. L'innocence aussi. Ça coûte le prix d'un billet, autrement dit pas grand-chose. La vie, la vraie, est hors de prix, et on n'est jamais sûr du résultat.

Nous avions un mannequin pour le trajet jusqu'au fourgon à viande, et le vieux Toot-Toot pour le reste. Avec les années, Toot était devenu la doublure officielle des condamnés. Incontournable tradition, comme la dinde qu'on sert à Noël même si on n'aime pas ça.

La plupart des matons appréciaient Toot — son drôle d'accent les amusait, un accent canadien plus que cajun, mais adouci par des années d'incarcération dans le Sud. Même Brutal avait un faible pour le vieux. Pas moi, cependant. Je pensais qu'il était, à sa manière, une version âgée et moins virulente de Percy Wetmore, un homme trop délicat pour tuer et faire cuire sa propre viande mais qui n'en adorait pas moins l'odeur d'un barbecue.

Tous ceux qui participaient à la générale seraient là pour la première — et unique — représentation. Brutus Howell serait le « régisseur », comme on disait, ce qui voulait dire qu'il poserait la calotte, répondrait au téléphone s'il sonnait, ferait appel au médecin si besoin était et donnerait l'ordre de balancer le jus quand il le faudrait. Si tout allait bien, personne n'aurait droit aux applaudissements du public. Si ça foirait, Brutal serait blâmé par les témoins, et bibi, par le directeur. Ni l'un ni l'autre ne nous en plaignions, ça n'aurait servi à rien. Le monde tourne, c'est tout. On peut s'accrocher et tourner avec, ou se lever pour protester et se faire éjecter.

Dean, Harry Terwilliger et moi, on est allés à la cellule du Chef trois minutes à peine après que Bill et ses troupes furent partis avec Bitterbuck. La porte de la cellule était ouverte et Toot-Toot s'est assis sur la couchette.

— Y a des taches partout sur c'drap, a fait remarquer Toot-Toot. Doit drôlement s'astiquer le chassepot avant d'rendre les armes.

Et de se marrer comme une pintade.

Dean l'a fusillé du regard.

— Ta gueule, Toot. On fait ça sérieusement.

— D'accord.

Toot, aussitôt, s'est composé un visage de constipé chronique. Mais son regard pétillait. Le vieux Toot ne semblait jamais aussi vivant que quand il faisait le mort.

Je me suis avancé.

— Arlen Bitterbuck, en qualité d'officier de justice et de représentant de l'Etat de blablabla, j'ai ordre de procéder à votre exécution à minuit de ce blablabla, voulez-vous vous lever et faire un pas en avant ?

Toot s'est levé de la couchette et s'est mis à répéter :

— J'me lève et j'fais un pas en avant, j'me lève et j'fais un pas en avant.

Dean lui a ensuite ordonné de se tourner et Toot-Toot s'est tourné. Dean a examiné l'espèce de lavette blanc sale qui tenait lieu de cheveux au vieux. Le Chef aurait le sommet du crâne rasé le lendemain soir, et Dean devrait s'assurer qu'il n'y avait pas besoin de retouches. Une seule touffe oubliée, et le courant risquait de passer moins facilement, ce qu'il valait mieux éviter. Ces répétitions n'avaient qu'un but : faire que l'exécution se déroule sans le moindre accroc.

— Très bien, Arlen, allons-y, maintenant, j'ai dit à Toot-Toot.

Nous sommes ressortis de la cellule.

— J'marche dans le couloir, j'marche dans le couloir, j'marche dans le couloir, psalmodiait Toot-Toot.

Il allait, flanqué de Dean à sa droite et de moi-même à sa gauche. Harry était juste derrière lui. Au bout du couloir, nous avons tourné à droite, loin de la vie et de la cour de promenade, vers la mort et la réserve qui en était le théâtre. On est passés par mon bureau, et Toot s'est agenouillé sans qu'on le lui demande ; le bougre connaissait son texte, et mieux que la plupart d'entre nous, car ça faisait un sacré bail qu'il fréquentait l'établissement.

— J'prie le bon Dieu, j'prie le bon Dieu, j'prie le bon Dieu, disait-il en croisant ses mains osseuses et tavelées. Le Seigneur est mon berger, le Seigneur est mon berger...

— Qu'est-ce qu'on va faire avec Bitterbuck ? a demandé Harry. On va tout de même pas faire venir un sorcier Cherokee et sa queue de serpent à sonnette, non ?

— A vrai dire...

Mais Toot, à qui on ne volait pas la vedette comme ça, a couvert ma voix d'un tonitruant :

— J'prie toujours, j'prie toujours le p'tit Jésus.

— La ferme, vieux fou, a grogné Dean.

— Nom de Dieu, voyez pas que j'prie !

— Alors, fais-le en silence.

— Hé, les gars, qu'est-ce que vous branlez ?

C'était Brutal. Il nous appelait de la réserve, qui avait été entièrement vidée pour faire place à la mort, rien qu'à la mort. Et sa voix résonnait là-dedans comme dans un tombeau.

— Patience, Brutal, lui a crié Harry. Assieds-toi, en attendant, y a une chaise qui te tend les bras !

Toot a interrompu son incantation d'un ricanement d'hyène.

— A vrai dire, j'ai repris, Bitterbuck est chrétien, c'est du moins ce qu'il dit, et il est très satisfait de ce pasteur baptiste qui est venu de Tillman Clark. Il s'appelle Shuster. Il me plaît. Il est discret, il en fait pas des tonnes, comme certains. Debout, Toot, t'as assez prié pour la journée.

— J'marche, j'marche encore, oui, m'sieur, j'marche sur la ligne verte...

Il n'était pas grand mais il a quand même dû courber la tête pour passer la porte au fond de mon bureau. Et on a dû en faire autant.

Le passage de cette lourde était un moment délicat ; aussi, quand j'ai jeté un regard en direction de la plate-forme sur laquelle se dressait la Veuve Courant, j'ai vu que Brutal avait sorti son arme et j'ai hoché la tête d'un air satisfait; c'était ce qu'il fallait faire.

Toot-Toot a descendu la volée de marches et s'est arrêté. Les chaises pliantes, une quarantaine, étaient déjà en place. Bitterbuck devrait gagner la plate-forme en se tenant le plus loin possible de la première rangée des témoins; une demi-douzaine de gardes armés, sous la responsabilité de Bill Dodge, renforcerait la sécurité. Nous n'avions jamais eu de témoin menacé par l'un de nos condamnés en dépit de la configuration plus que précaire des lieux, et j'avais bien l'intention que cela ne se produise jamais.

— Prêts, les gars?

La question venait de Toot-Toot. Harry, Dean et moi, nous avions repris notre formation, encadrant Toot comme au départ. J'ai hoché la tête et nous nous sommes avancés vers la plate-forme. J'ai jamais pu m'empêcher de penser qu'il ne manquait plus à Toot qu'à tenir le drapeau, pour qu'on ressemble à une garde d'honneur.

— Et moi, qu'est-ce que j'fais? a demandé Percy par la fenêtre grillagée de la cabine des commandes.

— Tu regardes pour apprendre, j'ai répliqué.

— Et arrête de te toucher la saucisse, a marmonné Harry.

Toot-Toot l'a entendu et s'est mis à glousser comme une poule.

Nous l'avons escorté sur la plate-forme. Toot s'est tourné sans qu'on ait à le lui dire.

— J'm'assois, j'm'assois sur les cuisses de la Veuve Courant.

Je me suis agenouillé, mon genou droit devant la jambe droite de Toot, tandis que Dean en faisait autant — genou gauche devant jambe gauche.

C'était l'instant où nous étions le plus exposés à une attaque, au cas où le condamné se débattait, ce qui arrivait de temps à autre. Nous tenions notre jambe pliée tournée vers l'intérieur pour protéger nos bijoux de famille et gardions le menton baissé pour défendre nos gorges. Bien entendu, plus vite on leur immobiliserait les chevilles, plus on écourterait le danger. Le Chef porterait des pantoufles aux pieds mais le fait de se dire « ça aurait pu être pire » n'est sûrement pas d'un grand réconfort quand on a le larynx brisé ou les testicules en compote, sans parler du spectacle offert à quarante témoins — dont la plupart sont journalistes.

On a attaché les chevilles de Toot-Toot. La sangle du côté de Dean était plus large car elle était équipée d'une électrode. Quand Bitterbuck prendrait place le lendemain soir sur la chaise, il aurait la jambe gauche rasée. Les Indiens sont censés ne pas avoir de poils sur le corps, mais on ne voulait pas prendre le moindre risque.

Pendant que nous neutralisions les jambes, Brutal et Harry s'occupaient des poignets. Puis, Harry a fait signe à Brutal, et Brutal s'est tourné vers Van Hay et a crié :

— Phase une !

J'ai entendu Percy qui demandait à Jack Van Hay ce que cela voulait dire (incroyable qu'il ait appris si peu de choses depuis le temps qu'il traînassait au bloc E) puis le murmure de Jack qui lui répondait. Ce jour-là, Phase une ne signifiait rien, mais quand Brutal le dirait le lendemain, Van Hay tournerait le bouton qui commande le générateur de la prison derrière le bloc E. Les témoins entendraient l'appareil bourdonner comme un essaim de frelons et les lumières dans toute la prison s'intensifieraient. A cause de cette surtension les détenus se diraient que ça y était, l'exécution avait eu lieu, alors qu'en réalité elle ne ferait que commencer.

Brutal est passé devant la chaise afin que Toot puisse le voir.

— Arlen Bitterbuck, après avoir été reconnu coupable par un jury composé de vos pairs, vous avez été condamné à mourir sur la chaise électrique. Que Dieu sauve les citoyens de cet Etat. Avez-vous quelque chose à dire avant que la sentence soit exécutée ?

— Ouais, a dit Toot, les yeux brillants, sa bouche édentée fendue d'un grand sourire. J'veux du poulet frit qui baigne dans la sauce, j'veux chier dans vos casquettes et j'veux que Mae West, elle vienne s'asseoir sur ma pomme parce que j'suis un foutu chaud lapin.

Brutal a essayé de garder son sérieux, mais il n'a pas tenu cinq secondes. Il a rejeté la nuque en arrière et a éclaté de rire. Dean, lui, s'est plié en deux, comme s'il venait de ramasser une décharge de shotgun dans le ventre; il poussait des hurlements de coyote, une main sur le front comme pour empêcher sa cervelle de se faire la belle. Harry se tapait la tête contre le mur en poussant des hou-hou-hou, on aurait dit qu'une tartine de beurre de cacahuètes lui était restée en travers de la gorge. Même Jack Van Hay, qui n'avait pourtant pas une réputation de rigolo, s'esclaffait dans sa cabine. Je me serais volontiers joint au concert, mais il fallait bien un capitaine à ce bateau ivre. Demain soir, un homme allait mourir sur cette chaise où ce crétin de Toot-Toot faisait le clown.

— Ça suffit, Brutal, j'ai dit. Vous aussi, Dean et Harry. Quant à toi, Toot, encore une connerie de ce genre et je te garantis que ce sera la dernière. Je dirai à Van Hay d'envoyer le jus.

Toot m'a souri avec l'air de me dire qu'elle était bien bonne, celle-là, chef Edgecombe, ouais, une rudement bonne. Son sourire s'est fondu en une expression embarrassée quand il a vu que je restais de marbre.

— Qu'est-ce qui va pas, boss ?

— C'est pas drôle, voilà ce qui ne va pas, et si t'es pas assez malin pour comprendre ça, alors ferme ta grande gueule.

Sauf que drôle, ça l'était d'une certaine façon, et c'était ça, je suppose, la raison de ma colère.

J'ai regardé les autres et j'ai vu Brutal qui continuait de sourire.

— Merde, j'ai dit, j'deviens trop vieux pour ce boulot.

— Non, a dit Brutal. T'es dans ta prime jeunesse, Paul.

J'en étais loin et lui itou — ce foutu job, ça vous mûrit un homme vite fait —, et on le savait tous les deux. Mais peu importe, l'accès de fou rire était passé. Une chance, parce que s'il y avait une chose au monde que je redoutais, c'était que le lendemain soir il y en ait un qui se souvienne de cette rigolade et que ça les reprenne. Vous pensez peut-être que ce n'est pas possible, un truc pareil, qu'un gardien pisse de rire en menant un condamné à la chaise électrique ? Eh bien, détrompez-vous, parce que tout peut arriver quand des hommes sont sous haute tension. Et une chose comme ça, les gens en parleraient pendant vingt ans.

— Alors, tu vas te tenir tranquille, Toot ? j'ai demandé.

— Oui, qu'il m'a répondu en baissant les yeux avec une moue de vieux garnement.

J'ai fait signe de la tête à Brutal qu'on reprenait la

répétition. Il a pris la cagoule qui pendait à un crochet de cuivre au dos de la chaise et l'a passée sur la tête de Toot-Toot en la tirant jusqu'en dessous du menton afin d'ouvrir le plus possible l'échancrure au sommet du crâne. Puis Brutal s'est penché vers le seau et en a sorti l'éponge ; il l'a pressée entre deux doigts, s'est léché le bout de l'index, puis l'a laissée retomber dans l'eau. Le lendemain, il la logerait à l'intérieur de la calotte, perchée pour le moment sur l'un des montants du dossier. Pas aujourd'hui ; il n'y avait pas de raison de mouiller cette vieille tronche de Toot.

La calotte était en acier et, avec ses sangles qui pendaient de chaque côté, elle ressemblait à l'un de ces casques que portaient les Tommies pendant la guerre de 14-18. Brutal en a coiffé Toot-Toot, en prenant soin que le métal soit bien en contact avec le crâne qui saillait légèrement du trou de la cagoule.

— On me calotte, on me calotte, disait Toot d'une voix étouffée par l'étoffe noire.

Les sangles lui maintenaient les mâchoires fermées et il m'a semblé que Brutal les avait serrées plus fort qu'il n'était besoin. Il a reculé et, faisant face aux rangées de chaises vides, il a dit d'une voix forte :

— Arlen Bitterbuck, vous allez maintenant être électrocuté jusqu'à ce que mort s'ensuive, selon les lois de cet Etat. Dieu ait pitié de votre âme !

Brutal s'est ensuite tourné vers la fenêtre grillagée.

— Phase deux.

Le vieux Toot, essayant peut-être de retrouver sa veine comique, s'est mis à se contorsionner et à ruer dans les sangles, ce que les véritables clients de la Veuve Courant ne faisaient presque jamais.

— Je cuis ! criait-il. Je cuis-cuis ! Ahhhh ! J'suis rôti comme une dinde !

Mais ce n'était pas la pantomime de Toot qui retenait l'attention de Dean et de Harry. Ils regardaient en direction de la porte donnant dans mon bureau.

— Merde alors, a dit Harry. Y a un témoin qu'est arrivé avec une journée d'avance.

Assise sur le seuil, sa queue soigneusement lovée autour de ses pattes, la souris observait la scène de ses petits yeux de jais.

5

Si jamais l'on pouvait parler de « bonne » exécution (ce dont je doute résolument), alors, celle d'Arlen Bitterbuck, membre du conseil des Cherokees de Washita, en fut une. Ses mains tremblaient tellement qu'il s'était un peu emmêlé les tresses, et sa fille aînée, femme d'une trentaine d'années, reçut la permission de lui refaire une coiffure digne d'un sage. Elle voulait y attacher des plumes aux bouts — des plumes de faucon, l'oiseau-totem du Chef — mais c'était peu recommandé. Elles pouvaient prendre feu. Je ne lui ai pas dit ça, bien sûr, je lui ai seulement fait comprendre que c'était contre le règlement. Elle ne protesta pas mais inclina la tête et porta les mains à ses tempes en signe de déception et de réprobation. Elle se conduisit avec une grande dignité, cette femme ; et son exemple nous garantissait que son père ferait de même.

L'heure venue, le Chef a quitté sa cellule sans protester. Des fois, nous devions leur détacher les doigts des barreaux — il m'est arrivé d'en casser un ou deux et je n'oublierai jamais l'écœurant petit craquement des os —, mais, Dieu merci, Bitterbuck n'était pas de ceux-là.

Il a marché bien droit le long de la ligne verte

jusqu'à mon bureau ; là, il s'est agenouillé pour prier avec frère Shuster, qui était venu de son église baptiste de la Lumière Céleste dans sa guimbarde. Shuster a lu quelques psaumes et le Chef a pleuré en écoutant celui qui chante le moment de se coucher près des eaux tranquilles. Mais il n'y avait rien de désespéré ni d'hystérique dans ces pleurs. A mon avis, Bitterbuck devait penser à cette eau si pure et si froide que, chaque fois qu'il en buvait, il avait l'impression de se couper la bouche.

A la vérité, je préférais les voir pleurer. C'était quand ils restaient secs que je commençais à m'angoisser.

Bien des hommes n'arrivaient pas à se remettre debout sans aide après la prière, mais là encore Bitterbuck s'est comporté comme un chef. Il a bien vacillé un peu au premier pas, comme s'il avait un léger vertige, et Dean a tendu la main pour le soutenir, mais l'ancien avait déjà retrouvé tout seul son équilibre, et on est sortis en bon ordre de mon bureau.

Presque toutes les chaises étaient occupées et les gens chuchotaient entre eux, comme on le fait quand on attend que commence la cérémonie d'un mariage ou d'un enterrement. Ç'a été le seul moment où Bitterbuck a faibli. Je ne sais pas s'il avait repéré une tête qui lui remuait le couteau dans la plaie, mais toujours est-il qu'il a émis une sourde et longue plainte. Je le tenais alors par le bras et j'ai senti une résistance qui n'y était pas auparavant. Du coin de l'œil, j'ai vu Harry Terwilliger se déplacer pour couper la retraite au Chef, au cas où celui-ci nous ferait soudain des difficultés.

J'ai resserré mon étreinte autour de son coude et je lui ai tapoté l'intérieur du bras d'un seul doigt.

— Courage, Chef, lui ai-je dit du coin de la bouche, presque sans bouger les lèvres. Le souvenir que tous ces gens garderont de toi, c'est comment tu es parti, alors donne-leur un bel exemple, montre-leur comment un Washita affronte la fin.

Il m'a jeté un regard de biais et m'a rassuré d'un petit signe de tête. Puis il a pris l'une de ses tresses et l'a embrassée. J'ai regardé Brutal, qui se tenait comme à la parade derrière la chaise, resplendissant dans son plus bel uniforme bleu, les boutons de sa tunique astiqués et brillants, sa casquette posée bien droite. J'ai hoché la tête dans sa direction et il s'est porté aussitôt vers nous pour aider Bitterbuck à monter sur l'estrade, au cas où l'Indien aurait besoin d'aide. Il s'est avéré que non.

Il ne s'est pas écoulé plus d'une minute entre le moment où Bitterbuck s'est assis sur la chaise et celui où Brutal a demandé à voix basse par-dessus son épaule : « Phase deux ! » Les lumières ont faibli de nouveau, mais juste un peu, et vous ne l'auriez même pas remarqué si vous n'y aviez pas prêté attention. Cela voulait dire que Van Hay avait abaissé la manette qu'un petit rigolo avait étiquetée SÉCHOIR DE MADAME. La calotte a émis un sourd bourdonnement, et Bitterbuck s'est violemment arqué contre les sangles et la ceinture qui lui barrait la poitrine. Le médecin de la prison, posté contre le mur, observait d'un visage fermé, les lèvres serrées au point que sa bouche n'était plus qu'une mince cicatrice. Le corps du Chef n'était pas agité de ces convulsions grotesques que Toot-Toot avait mimées pendant la répétition ; il n'y avait que cette formidable poussée en avant, comme les reins d'un homme emporté par l'orgasme. Sa chemise était tendue à craquer et, entre les boutons, se formaient de petites échancrures par lesquelles la chair saillait comme des sourires contraints.

Et puis il y avait l'odeur. Pas horrible en soi mais pénible par ce qu'elle évoquait. Quand je rends visite à ma petite-fille et à son mari, je ne peux jamais descendre à la cave, où leur petit garçon a installé son train électrique. Le gamin aimerait beaucoup partager son beau jouet avec son arrière-grand-père, mais ce n'est pas le train, comme vous vous en doutez, c'est le transformateur que je peux pas supporter. Ce bourdonnement. Et cette odeur, quand il commence à chauffer. Même après toutes ces années, ce relent de brûlé me rappelle Cold Mountain.

Van Hay lui a donné trente secondes et puis il a coupé le jus. Le toubib s'est avancé et a collé son stéthoscope sur la poitrine du Chef. Le silence dans les rangs des témoins était lourd, à présent ; un silence de mort. Le docteur s'est redressé, a regardé par la fenêtre grillagée et a fait signe à Van Hay en mimant de la main le geste de tourner une clé ou de donner un tour de vis. Il avait dû percevoir quelques battements de cœur erratiques, probablement aussi insignifiants que les derniers soubresauts d'un poulet décapité, mais il valait mieux ne pas prendre de risques. Personne n'avait envie de voir le Chef se redresser subitement sur son brancard, alors qu'on le transportait vers le tunnel, et se mettre à gueuler que la foudre lui était tombée dessus.

Van Hay est passé en Phase trois et le Chef s'est arqué de nouveau en tanguant un peu, sous l'emprise du courant. Quand le médecin l'a réexaminé, il a hoché la tête. C'était terminé. Nous avions réussi une fois de plus à détruire ce que nous étions incapables de créer. Certains dans le public s'étaient remis à chuchoter ; d'autres restaient assis, la tête basse, contemplant le sol à leurs pieds, emplis de stupeur. Ou de honte.

Harry et Dean sont arrivés avec le brancard. C'était le boulot de Percy, ça, mais il ne le savait pas et personne n'avait pris la peine de le lui dire. Brutal et moi, on a chargé le Chef, toujours encagoulé, et on a pris la porte qui mène au tunnel aussi vite qu'on le pouvait, sans courir, toutefois. De la fumée — trop de fumée — montait du trou dans la cagoule et il s'en dégageait une odeur épouvantable.

— Putain, qu'est-ce que ça chlingue ! s'est écrié Percy d'une voix de fausset.

— Dégage de là et t'occupe pas de ça, a grogné Brutal en allant décrocher l'extincteur contre le mur, un de ces vieux appareils chimiques qu'il fallait actionner avec une pompe.

Dean, pendant ce temps, avait dénudé la tête du Chef. La tresse gauche se consumait comme une pile de feuilles humides.

— Non, laisse tomber ça, j'ai dit à Brutal en désignant l'extincteur.

S'il s'en servait, on serait obligés de laver la mousse du visage du mort avant de le mettre dans le fourgon, et c'était une corvée dont on pouvait se passer. J'ai donc étouffé le feu avec mes mains sous les yeux hagards de cet inutile de Percy, et puis on a descendu les douze marches de bois qui donnaient dans le tunnel.

Il faisait froid comme dans un cachot, là-dedans, et l'eau s'égouttait de la voûte avec de petits flocs sinistres. Des ampoules avec de grossiers abat-jour de tôle — ils étaient fabriqués à la prison — éclairaient une galerie aux parois de brique qui s'enfonçait à dix mètres sous terre pour passer sous la route. Chaque fois que j'empruntais ce tunnel, j'avais l'impression d'être un personnage d'une nouvelle d'Edgar Allan Poe.

Un chariot attendait. On a chargé dessus le corps de Bitterbuck et j'ai vérifié une dernière fois que sa tresse ne fumait plus. Elle avait salement cramé et j'étais désolé de voir qu'il n'en restait plus qu'un champignon noirci.

C'est alors que Percy a flanqué une baffe sur la joue du mort. Un méchant claquement qui nous a tous fait sursauter. Il nous a regardés avec un sourire satisfait, les yeux brillant d'une sordide petite joie. Puis il s'est tourné de nouveau vers Bitterbuck.

— Adios, Chef. J'espère que l'enfer sera assez chaud pour toi.

— Refais pas ça, a grondé Brutal d'une voix qui résonnait dans la galerie. Il a payé ce qu'il devait. Il est en règle avec la maison, maintenant. Alors, fous-lui la paix.

— Allez, écrase, a dit Percy.

Puis il a reculé vite fait quand Brutal s'est avancé vers lui, son ombre grandissant derrière lui comme celle du gorille dans *Double assassinat dans la rue Morgue*. Mais au lieu d'empoigner Percy, Brutal a pris le chariot et a commencé de le pousser lentement vers le bout du tunnel, où une dernière balade attendait le Chef. Les roues caoutchoutées du chariot couinaient sur le plancher et son ombre chevauchait la paroi de brique. Dean et Harry ont pris chacun un bout du drap qui recouvrait le corps et l'ont rabattu sur le visage de Bitterbuck, qui commençait à prendre cette teinte cireuse, trait commun à tous les morts, les innocents comme les coupables.

6

J'avais dix-huit ans quand mon oncle Paul — dont j'ai hérité le prénom — est mort d'une crise cardiaque. Ma mère et mon père m'ont emmené à Chicago pour assister à l'enterrement et rendre visite à la famille du côté paternel, des gens que, pour la plupart, je ne connaissais pas. Nous sommes partis presque un mois. Un beau voyage, intéressant et nécessaire, et cependant horrible. C'est que j'étais, voyez-vous, éperdument amoureux de la jeune fille qui allait devenir ma femme deux semaines après mon dix-neuvième anniversaire.

Une nuit que mon désir était comme un feu qui me rongeait le cœur et la tête (bon, d'accord, les couilles aussi), je lui ai écrit une lettre qui n'en finissait plus, une lettre dans laquelle je lui disais tout, sans jamais relire ce que je venais d'écrire, de peur d'avoir peur de continuer. A la fin, quand une voix m'a dit que ce serait folie de mettre ainsi mon cœur à nu, je l'ai ignorée, avec la belle insouciance de la jeunesse. Je me suis souvent demandé si Janice avait gardé cette lettre, mais je n'ai jamais eu le courage de le lui demander. Tout ce que je sais, c'est que je ne l'ai pas trouvée quand j'ai rangé ses affaires après les obsèques. Mais, bien sûr, cela ne veut rien dire. Je suppose que je ne lui ai pas posé la question parce que je redoutais de découvrir que brûler ma prose avait moins d'importance pour elle que pour moi.

Une lettre de quatre pages. Je pensais que je n'écrirais jamais rien de plus long, et voyez maintenant. Tout ça, et la fin qui n'est même pas en vue. Si j'avais su que l'histoire se prolongerait de cette façon, je ne l'aurais sans doute pas commencée. Pour dire la vérité, j'étais loin de me douter que l'acte d'écrire pouvait ouvrir tant de portes, comme si le vieux stylo à encre de mon père n'était pas vraiment une plume mais une étrange variété de passe-partout. La souris est sans doute le meilleur exemple de ce dont je parle — Steamboat Willy, alias Mister Jingles. Jusqu'à ce que j'entreprenne de raconter cette histoire, je ne réalisais pas l'importance de cette bestiole. Par exemple, cette façon qu'elle avait de chercher Delacroix avant que Delacroix n'arrive, eh bien, je ne pense pas en avoir réellement pris conscience, avant que les mots et les souvenirs ne s'entremêlent au fil des pages.

Ce que je veux dire ici, c'est que je n'imaginais pas qu'il me faudrait remonter si loin pour vous parler de John Caffey, ni combien de temps je devrais le laisser là dans sa cellule, un homme tellement grand que ses pieds ne dépassaient pas seulement le bout de sa couchette mais pendaient jusqu'au sol. Je ne veux pas que vous oubliiez John Caffey, d'accord ? Je veux que vous le voyiez, contemplant le plafond de sa cage, pleurant en silence, le visage enfoui sous ses énormes pognes. Je veux que vous entendiez ses soupirs qui tremblaient comme des sanglots, ses plaintes si discrètes qu'elles en paraissaient clandestines. Ce n'était là ni le chant d'agonie et de regret que nous entendions parfois au bloc E, ni les cris arrachés par les échardes du remords. Dans ses yeux mouillés, on ne lisait pas non plus cette douleur qui nous était coutumière. On aurait dit — et je sais, bien sûr, que ça va vous paraître fou, mais à quoi bon noircir tant de pages si ce n'est pour dire ce qu'on ressent au plus profond de soi ? — on aurait dit, donc, que c'était sur le monde entier qu'il pleurait ; que sa peine était beaucoup trop vaste pour qu'il en soit jamais soulagé.

Il m'arrivait de m'asseoir avec lui et de bavarder, comme je le faisais avec tous les détenus — je vous ai déjà dit, je crois, qu'engager la conversation était notre tâche principale — et j'essayais de le réconforter. Je ne pense pas y être une seule fois parvenu et, quelque part dans mon cœur, je n'étais pas mécontent qu'il souffre, vous savez. Je pensais, oui, qu'il méritait de souffrir. J'ai même songé à appeler le gouverneur (ou à convaincre Percy de le faire, merde, après tout, c'était son oncle, pas le mien) pour lui demander de surseoir à l'exécution. *Nous ne devrions pas le griller tout de suite*, je lui aurais dit. *Ça lui fait encore trop mal, ça le mord, ça le fouaille dans le ventre comme un fer rouge. Accordez-lui trois mois de sursis, Votre Honneur. Laissez-le se faire à lui-même ce que nous ne pouvons pas nous-mêmes.*

C'est ce John Caffey que j'aimerais que vous gardiez présent à l'esprit, même si je vous raconte tout ça un peu dans le désordre : un John Caffey gisant sur sa couchette, un John Caffey qui avait peur du noir et non sans une bonne raison, car qui sait si dans les ténèbres ne le guettaient pas deux ombres aux boucles blondes — point deux fillettes, cette fois, mais deux harpies ivres de vengeance. Un John Caffey dont les yeux toujours versaient des larmes, comme le sang d'une blessure jamais refermée.

7

Le Chef est donc passé à la chaise électrique et le Président au bloc C, qui abritait nos cent cinquante condamnés à perpétuité. Toutefois la perpète, pour lui, n'a pas dépassé douze ans. Il est mort noyé à la blanchisserie de la prison en 1944. Pas la blanchisserie de Cold Mountain; Cold Mountain a fermé ses portes en 34 ou 35, je ne sais plus au juste. Je ne pense pas que cela ait fait beaucoup de différence pour les détenus — un mur est un mur, comme ils disent, et la Veuve Courant était toujours aussi mortelle dans sa proprette cabine de verre et de béton, je dois dire, qu'elle l'avait été dans le foutoir de la réserve au bloc E.

Pour en revenir au Président, un quidam lui a plongé la tête dans une cuve de solvant pour le nettoyage à sec, jusqu'à ce que mort s'ensuive. Quand les gardes l'ont sorti du bain, il ne restait plus grand-chose du visage. Ils ont dû l'identifier par les empreintes digitales. Tout compte fait, il aurait eu une fin plus douce sur la chaise mais, bien sûr, il n'aurait pas eu douze ans de rab. Je doute qu'il y ait seulement accordé une pensée au moment de sa mort, quand ses poumons essayaient d'apprendre à respirer le benzène et le toluène.

Ils n'ont jamais mis la main sur celui qui a fait le coup. A cette époque-là, je n'étais plus dans le circuit, bien sûr, mais Harry Terwilliger m'a écrit pour me raconter.

« Ils ont commué sa peine parce que c'était un Blanc, mais il y a eu droit quand même, pour finir. Pour moi, il n'a jamais bénéficié que d'un long sursis. »

On a connu une période bien paisible au bloc E après le départ du Président. Harry et Dean ont été temporairement affectés ailleurs et, à la ligne verte, il n'y a plus eu pendant un moment que Brutal, Percy et moi. Ce qui voulait dire Brutal et moi, parce que Wetmore se faisait discret. Croyez-moi, ce type était un génie pour couper à la moindre corvée. Et puis, de temps à autre (mais seulement quand Percy n'était pas là), les gars passaient tailler le bout de gras avec nous. A ces occasions, la souris aussi réapparaissait. On lui donnait à manger et elle restait là, assise sur sa croupette, la quenotte gourmande, solennelle comme une papesse, à nous observer de ses petits yeux qui n'en perdaient pas une miette.

Oui, quelques semaines calmes et sereines, malgré la gueule qu'aimait tirer Percy. Mais toutes les bonnes choses ont une fin et, par un lundi pluvieux de juillet — je ne vous ai pas dit que cet été-là il tombait des cordes —, je me suis retrouvé assis sur la couchette d'une cellule ouverte, à attendre Edouard Delacroix.

Il est arrivé dans un fracas inattendu. La porte donnant sur la cour de promenade s'est ouverte à la volée, laissant pénétrer un flot de lumière, il y a eu un bruit confus de chaînes et une voix chevrotant de peur qui baragouinait un mélange d'anglais et de cajun (un patois que les détenus de Cold Mountain appelaient le *da bayou*), et Brutal qui beuglait :

— Nom de Dieu, arrête ! Percy, arrête !

Je somnolais à moitié sur la couchette qui serait celle de Delacroix mais, en entendant ça, j'ai bondi sur mes pieds, le cœur cognant fort dans ma poitrine. Des bruits de ce genre, il n'y en avait jamais eu au bloc E avant que Percy se pointe ; il les apportait avec lui comme une mauvaise odeur.

— Avance, espèce de pédé de Français ! criait Percy, ignorant complètement Brutal.

Il marchait, tirant d'une main un bonhomme guère plus grand qu'une quille de bowling et serrant de l'autre sa chère matraque. Les lèvres retroussées sur les dents comme un cabot prêt à mordre, le visage congestionné, Percy n'en avait pas moins l'air d'aimer ça. C'était peut-être ainsi qu'il prenait son pied. Delacroix essayait de maintenir la cadence mais il avait les fers aux chevilles et il avait beau patiner des arpions le plus vite possible, Percy avait toujours une longueur d'avance sur lui. Je me suis précipité hors de la cellule juste à temps pour empêcher Delacroix de s'étaler, et c'est ainsi que Del et moi avons fait connaissance.

Percy, la matraque levée, tournait autour de sa proie, et j'ai essayé de le repousser d'un bras, tout en soutenant de l'autre Delacroix, qui n'était pas très ferme sur ses jambes.

— Le laissez pas m'taper, m'sieur, bafouillait le petit Français. S'iou plaît, s'iou plaît !

— Laissez-le-moi, laissez-le-moi ! gueulait Percy.

Comme un chien enragé, Wetmore. Il a plongé en avant et il a frappé Delacroix à l'épaule. Le Français a levé les bras pour se protéger et les coups sont tombés dru sur les manches de sa chemise bleue. Cette nuit-là, je l'ai vu torse nu, et il avait les bras salement marbrés. Ça m'a fait mal de voir ça. C'était un assassin et le chéri de personne, mais nous, les matons du bloc E, on n'agissait jamais de cette façon. En tout cas, pas avant que Percy vienne.

— Percy, ça suffit! j'ai grondé. Et d'abord, qu'est-ce qui s'est passé?

Je continuais de m'interposer entre Delacroix et l'autre taré, mais sans trop de succès. La matraque s'abattait tantôt à ma droite, tantôt à ma gauche. Tôt ou tard, c'était moi qui allais en prendre une et, alors, je pourrais enfin m'expliquer avec ce vicieux, parent du gouverneur ou pas. Ce serait plus fort que moi et il y avait de grandes chances que Brutal prenne le relais. Vous savez, quand j'y repense, je regrette qu'on lui ait pas foutu la tannée qu'il méritait cent fois. Ça aurait peut-être changé bien des choses qui sont arrivées par la suite.

— Putain de pédé! J'vais t'apprendre à me toucher, espèce de p'tit enculé!

Et tchak, tchak, tchak, faisait le bâton de noyer contre les chairs de Delacroix. Ce pauvre type saignait d'une oreille et il hurlait comme un cochon qu'on égorge. Abandonnant tout espoir de le protéger de ce frelon furieux qui tournait autour de nous, j'ai empoigné Delacroix et je l'ai poussé dans sa cellule, où il s'est affalé sur sa couchette. Percy a réussi à lui coller un coup dans les reins, un dernier pour la route, on pourrait dire. Et puis, Brutal l'a empoigné — Percy, je veux dire — et il l'a balancé de l'autre côté du couloir, pendant que je refermais la porte.

Je me suis retourné vers Percy et ma stupeur n'avait d'égale que ma rage. Ça faisait quatre mois que Percy était parmi nous et cela nous avait amplement suffi pour décider que nous ne l'aimions pas, mais c'était la première fois que je comprenais à quel point ce type était incontrôlable et dangereux.

Il m'a rendu mon regard. Dans ses yeux, le défi le

disputait à la peur — c'était un couard, de cela je n'ai jamais douté —, mais il se sentait protégé par ses relations. Sur ce point, il ne se trompait pas. Il y a probablement des gens qui ne comprennent pas comment une telle chose était possible, même après tout ce que j'ai dit à ce sujet. C'est que pour ces gens *La Grande Dépression* n'est jamais qu'une étiquette collée à une certaine période de l'histoire. Si vous aviez été là, vous auriez su que c'était plus de trois mots dans un bouquin : si vous aviez la chance en ce temps-là d'avoir un boulot stable, vous étiez prêt à tout pour le garder.

D'écarlate, le visage boutonneux de Percy avait viré au rose et ses cheveux, d'ordinaire si bien ramenés en arrière sous trois couches de brillantine, lui tombaient sur le front.

— Qu'est-ce qui s'est passé ? je lui ai demandé. Jamais — jamais, tu m'entends ? — on n'a battu un prisonnier dans ce bloc !

— Ce p'tit pédé a essayé de me toucher la bite, quand je l'ai sorti du fourgon, m'a répondu Percy. Il l'a cherché et je remettrai ça quand il veut.

Je l'ai regardé, trop ahuri pour trouver les mots. J'avais du mal à imaginer que le plus ardent des « pédés » ait pu faire une chose pareille. Installer ses pénates dans une cage avec vue sur le couloir de la mort prédisposait peu le locataire, fût-il le plus grand déviant du monde, à faire des avances au geôlier.

J'ai jeté un coup d'œil à Delacroix, roulé en une boule craintive sur sa couchette. Il avait les menottes aux poignets et les chaînes aux chevilles. Je me suis retourné vers Percy.

— Dégage d'ici. J'aurai deux mots à te dire plus tard.

— Vous comptez faire un rapport ? il m'a demandé d'un ton de défi. Parce que si c'est le cas, je peux en faire un de mon côté, vous savez.

Je ne tenais pas à faire un rapport ; je voulais seulement qu'il dégage de ma vue, et c'est ce que je lui ai dit.

— L'affaire est close, j'ai ajouté pour conclure.

J'ai vu Brutal qui me regardait avec réprobation mais je l'ai ignoré.

— Allez, sors d'ici. Va à l'administration. Tu leur diras que tu viens aider à la lecture et au tri du courrier.

— Ouais.

Il avait retrouvé sa contenance, ou du moins cette arrogance imbécile qui lui en tenait lieu. Il a ramené ses cheveux en arrière de ses deux mains, qu'il avait douces et blanches et petites, des mains de fillette, on aurait dit, et puis il s'est approché de la cellule. Delacroix l'a vu et il s'est un peu plus recroquevillé, bafouillant un mélange d'anglais et de français de cuisine.

— J'en ai pas terminé avec toi, Ducon, a dit Percy, avant de tressaillir violemment en sentant l'énorme pogne de Brutal s'abattre sur son épaule.

— Que tu dis, Percy, a grogné Brutal. Et maintenant, ouste !

— Tu me fais pas peur, tu sais, a dit Percy. Mais alors pas du tout.

Il m'a regardé.

— Et vous non plus, chef.

Mais on lui filait les jetons, ça se voyait dans ses yeux aussi clair que le jour, et ça le rendait encore plus dangereux. Un type comme Percy ne sait même pas comment il va réagir dans la minute, dans la seconde qui suit.

En tout cas, sur le moment, il n'a pas demandé son reste et s'en est allé à longues enjambées. Il avait montré au monde ce qui se passait quand un petit Français maigrelet et au crâne dégarni laissait traîner sa main là où il ne fallait pas, nom de Dieu, et il quittait le champ de bataille en vainqueur.

J'ai délivré mon sermon à Delacroix, qu'on mettait la radio le soir — *Our Gal Sunday* et *Make-Believe Ballroom* — et qu'on le traiterait bien s'il se tenait bien. Cette petite homélie n'a pas été ce qu'on pourrait appeler un succès. Delacroix n'arrêtait pas de pleurer, se pelotonnait tout au bout de sa couchette et frémissait au moindre de mes gestes. Bref, je doute qu'il ait entendu un mot sur six. Bah! c'était pas plus mal, après tout. Et puis, ce discours n'avait pas tellement de sens, pour finir.

Un quart d'heure plus tard, j'étais de retour dans mon bureau en compagnie d'un Brutus Howell secoué. Il s'est assis et a léché le bout de crayon que nous gardions avec le cahier des visites.

— Arrête de t'empoisonner avec cette saleté.

Il a reposé le crayon et m'a regardé.

— Bon sang, j'veux plus que ça se reproduise, un truc pareil. Plus jamais!

— Mon père disait toujours, jamais deux sans trois.

— Eh bien, ton père se gourait.

Mon père avait raison. Il y a eu de l'orage à l'arrivée de John Caffey et une véritable tempête quand Wild Bill s'est ramené. Bizarre, mais il semblerait que les choses se produisent effectivement par trois. Rassurez-vous, je vais y venir, à Wild Bill : comment on a fait connaissance et comment il a tenté de tuer l'un des nôtres, à peine les pieds posés dans le bloc E, et tout et tout.

— C'est quoi, cette histoire de main au panier? j'ai demandé à Brutal.

Il a reniflé d'un air de mépris.

— Delacroix était entravé comme une mule avec ces chaînes et Percy l'a tiré trop vite du fourgon, c'est tout.

Le Français a trébuché et, dans sa chute, il a tendu les mains en avant comme n'importe qui l'aurait fait. Et il a effleuré le pantalon de Percy. Il l'a sûrement pas fait exprès.

— Est-ce que Percy en a conscience ? Il s'en serait pas servi comme prétexte, des fois, simplement parce qu'il avait envie d'essayer sa matraque sur Delacroix ? Histoire de lui montrer qui est le patron, ici ?

Brutal a hoché lentement sa grosse caboche.

— Ouais, j'le pense aussi.

— Alors, il va falloir le surveiller, j'ai dit en me passant la main dans les cheveux, un signe de nervosité chez moi. Comme si le travail n'était déjà pas assez dur comme ça. Bon sang, j'en ai marre ! Je le hais, ce type !

— Et moi, donc ! Et tu veux savoir, Paul ? Je le comprends pas, ce type. Très bien, il a le bras long, mais pour faire quoi ? Pour obtenir un job ici, sur cette putain de ligne verte ? Et même s'il était pas au bloc E, pourquoi gardien de prison ? Pourquoi pas huissier au tribunal ou employé de bureau chez le gouverneur ? Sûr que ses relations auraient pu lui trouver un boulot pépère s'il le leur avait demandé. Alors, dis-moi, pourquoi ici, dans le couloir de la mort ?

J'ai secoué la tête. Je ne savais pas. Il y avait beaucoup de choses que je ne savais pas en ce temps-là. Je suppose que j'étais naïf.

8

Après quoi, les choses redevinrent normales — pour un temps, du moins. Là-bas, au siège du comté, l'Etat s'apprêtait à juger John Caffey. Le shérif Homer Cribus, de Trapingus, n'aurait pas été contre un bon vieux lynchage qui aurait accéléré le cours de la justice. Mais rien de tout cela ne nous concernait ; au bloc E, personne ne prêtait beaucoup d'attention aux nouvelles extérieures. Le couloir de la mort était un peu comme une pièce insonorisée. De temps à autre, on y percevait des murmures qui, au-dehors, devaient être des explosions ; à part ça, c'était le grand silence.

A deux reprises, j'ai surpris Percy en train de harceler Delacroix et je n'ai pas attendu qu'il y en ait une troisième pour lui ordonner de me suivre dans mon bureau. Ce n'était pas la première fois que je m'entretenais avec lui à propos de son comportement, et ce ne serait pas la dernière, mais ce qu'il venait de faire ce jour-là illustrait tellement bien le personnage que je ne pouvais le laisser passer. Cet homme avait le cœur d'un gamin cruel qui va au zoo non pas pour y observer les animaux en cage mais pour leur jeter des pierres.

— Tu vas le laisser tranquille, maintenant ! Tu ne

t'approcheras plus de lui, sauf si je t'en donne l'ordre, c'est compris ?

Il a sorti son petit râteau, s'est peigné ses chers cheveux et puis les a lissés de ses douces petites mains. Ce qu'il pouvait les aimer, ses tifs !

— Quoi, j'lui faisais rien de mal. J'lui demandais seulement quel effet ça fait de savoir qu'on a rôti quelques bébés.

Et de me balancer son regard de sainte nitouche.

— Tu vas arrêter avec ça, sinon je ferai un rapport.

Il s'est marré.

— Allez-y, faites-le, votre rapport. Moi aussi, j'ferai le mien, et on verra qui est le gagnant.

Je me suis penché en avant, les mains croisées sur mon bureau, et je lui ai parlé à voix basse, comme pour lui faire une confidence.

— Brutus Howell ne t'aime pas des masses, Wetmore. Et quand Brutal n'aime pas quelqu'un, il est connu pour faire son rapport à sa façon. Il n'est pas très bon avec une plume, tout ce qu'il sait faire, c'est lécher cette saloperie de crayon, alors, c'est avec les poings qu'il écrit. Si tu vois ce que je veux dire.

Son petit sourire satisfait s'est effacé vite fait.

— Qu... qu'est-ce que vous essayez d'me dire ?

— Je n'essaie pas, je l'ai dit. Et si tu t'avises de rapporter cette discussion à tes... amis, je jurerai que tu as inventé toute cette histoire.

Je l'ai regardé droit dans les yeux et j'ai ajouté, conciliant :

— Je fais ça pour t'aider, Percy. Un homme averti en vaut deux, comme on dit. Et puis, qu'est-ce que tu as contre Delacroix ? Il ne mérite vraiment pas tant d'intérêt.

Et, pendant un temps, ça a marché. On a eu la

paix. J'ai même pu envoyer une ou deux fois Percy avec Dean et Harry, quand c'était jour de douche pour Delacroix. Nous mettions la radio le soir, le petit Français commençait à se faire à la routine du bloc E, on était tranquilles.

Puis, un soir, je l'ai entendu rire.

Et Harry Terwilliger, de permanence dans le couloir, s'est mis lui aussi à rigoler. Je me suis levé et suis allé voir ce qu'il y avait de si drôle.

— Regardez, cap'taine, m'a dit Delacroix. J'me suis dressé une souris !

C'était Steamboat Willy. A l'intérieur de la cellule. Mieux : perché sur l'épaule de Delacroix et nous regardant paisiblement à travers les barreaux. Il avait ramené sa queue autour de ses pattes et avait vraiment l'air serein. Quant à Delacroix — je vous le dis, vous n'auriez jamais cru que c'était le même homme qui s'était recroquevillé en tremblant sur sa couchette une semaine plus tôt. On aurait dit ma fille, le matin de Noël, quand elle découvrait ses cadeaux.

— Regardez ça, cap'taine !

La souris était assise sur son épaule droite. Quand Delacroix a tendu son bras gauche, elle lui a grimpé sur la tête en s'aidant de ce qu'il restait de cheveux au Français. Puis elle est redescendue de l'autre côté, chatouillant de sa queue le cou d'un Delacroix gloussant de délice, et a trottiné le long du bras jusqu'au poignet ; là, elle a fait demi-tour et a remonté jusque sur l'épaule gauche, où elle s'est assise gentiment.

— Ça, alors ! s'est exclamé Harry.

— J'lui ai appris à faire c'truc, a dit fièrement Delacroix.

J'ai pensé « mon cul ! » mais je l'ai bouclée.

Delacroix a pointé son pouce vers la souris.

— J'vous présente Mister Jingles.

— Non, a dit Harry, c'est Steamboat Willy, comme dans le dessin animé. C'est le boss Howell qui lui a donné c'nom.

— C'est Mister Jingles.

Sur tout autre sujet, il n'était pas du genre à vous contredire ; vous lui auriez affirmé que si les pieds plats ont du mal à marcher, c'est parce que la Terre est ronde, il n'aurait pas discuté. Mais, sur la question de la souris, inflexible, Delacroix.

— Y me l'a chuchoté à l'oreille, son nom. Cap'taine, j'pourrais pas avoir une p'tite boîte pour Mister Jingles ? Comme ça, il pourrait dormir ici, avec moi ?

Sa voix avait pris ce ton larmoyant que j'avais entendu des milliers de fois.

— Je l'mettrai sous ma couchette et, j'vous jure, y vous causera pas d'ennuis.

— Ton anglais s'améliore drôlement quand tu veux quelque chose, je lui ai répliqué pour gagner du temps.

— Oh-oh, a murmuré Harry en me touchant du coude. A propos d'ennuis, v'là l'expert.

C'était Percy mais, ce soir-là, son arrivée ne m'a pas trop inquiété. Il ne se tripotait pas la tignasse, ne jouait pas avec sa matraque et, grande première, le col de sa chemise était boutonné. Jamais je ne l'avais vu comme ça, c'est fou ce qu'un petit rien peut vous transformer un homme. Mais le plus frappant, c'était son expression. Calme. Point de sérénité sur ce visage — la sérénité était aussi étrangère à Percy Wetmore qu'une mèche battant l'œil d'un chauve — mais la tranquillité d'un homme qui a découvert qu'avec un peu de patience il aura ce qu'il veut. Et je peux vous dire que ça changeait de cette petite frappe que j'avais mise en garde contre les poings de Brutus Howell quelques jours plus tôt.

Delacroix, lui, n'a pas remarqué la métamorphose ; il a reculé contre le mur, les genoux ramenés sur sa poitrine et les yeux comme deux balises de détresse. Mister Jingles s'est réfugié sur le crâne de son maître. Je ne sais pas s'il se souvenait qu'il avait lui aussi une raison de se méfier de Percy, mais il en donnait assurément l'impression. Ou était-ce simplement la peur du petit Français qui était contagieuse ?

— Eh bien, a dit Percy, on dirait que tu t'es fait un copain, Eddie.

Delacroix a bien essayé de répondre — j'ai eu le sentiment qu'il se demandait comment Harry et moi réagirions si Percy faisait du mal à la souris —, mais il a été incapable d'articuler un mot. Sa lèvre inférieure a tremblé un peu, et c'est tout. Sur son perchoir, Mister Jingles, lui, ne bronchait pas. Il regardait Percy comme on jauge un vieil ennemi.

Percy s'est tourné vers moi.

— C'est pas celle que j'ai chassée ? Celle qui niche dans la cellule de contention ?

J'ai hoché la tête. Je me suis dit que Percy n'avait pas dû revoir la souris depuis la dernière fois qu'il avait tenté de l'occire ; apparemment, il n'avait pas l'intention de récidiver.

— Oui, c'est elle. Sauf que Delacroix dit qu'elle s'appelle Mister Jingles, pas Steamboat Willy. Elle lui a chuchoté son nom à l'oreille.

— Ah ouais ? On voit des choses incroyables, hein ?

Je m'attendais à moitié qu'il sorte sa matraque et commence à cogner sur les barreaux, histoire de montrer à Delacroix qu'il se chauffait toujours au bois de noyer, mais il s'est contenté de regarder le couple sur la couchette.

Pour une raison que je ne saurais expliquer, j'ai dit à Percy d'un ton délibérément sceptique :

— Delacroix me demandait une boîte pour sa souris. Il pense qu'elle couchera dedans et qu'il pourra la garder avec lui. Qu'est-ce que t'en penses ?

J'ai senti plus que je n'ai vu le regard de stupeur que Harry posait sur moi.

— J'pense qu'elle lui chiera dans le nez, un de ces soirs, pendant qu'il dormira et puis qu'elle se cassera, a dit Percy d'une voix traînante. Mais, après tout, c'est son affaire, au Français. J'ai vu une jolie boîte à cigares sur la roulante de Toot-Toot, l'autre nuit. Maintenant, j'sais pas s'il la donnera. Probable qu'il faudra lui refiler la pièce.

Cette fois, c'est moi qui ai coulé un regard en direction de Harry et je l'ai vu encore plus ébahi, bouche grande ouverte.

Percy s'est penché en avant et a collé son visage entre deux barreaux. Si Delacroix avait pu se fondre dans le mur, il l'aurait fait.

— Eh, l'andouille, t'aurais pas une pièce de cinq ou de dix pour t'offrir une boîte à cigares ?

— J'ai quatre pennies, a répondu Delacroix. Je les donne pour la boîte, si c'est une bonne.

— J'vais te dire, a repris Percy. Si cette vieille pute sans dents de Toot te vend sa boîte de Corona pour quatre *cents*, j'prendrai un peu de coton à l'infirmerie et on lui fera une suite royale, à ta souris.

Il a tourné les yeux vers moi.

— J'ai de la paperasse à remplir concernant Bitterbuck. Vous avez de quoi écrire dans votre bureau, Paul ?

— J'ai tout ce qu'il faut, je lui ai répondu. Dans le premier tiroir de gauche.

— Parfait.

Et il s'en est allé, l'air important.

Harry et moi, on s'est regardés.

— Il est malade ou quoi ? a demandé Harry. Peut-être qu'il est allé voir le docteur et qu'il a appris qu'il avait plus que trois mois à vivre.

Je lui ai répondu que je n'en avais pas la moindre idée. C'était le cas à ce moment-là, mais je découvrirais la vérité en temps voulu. Et, des années plus tard, j'ai eu une conversation intéressante à l'occasion d'un dîner avec Hal Moores. Nous pouvions l'un et l'autre parler librement, alors ; il était à la retraite et moi, je travaillais dans un centre de redressement. C'était un de ces repas où on boit plus qu'on ne mange et où les langues se délient. Hal me raconta que Percy était venu se plaindre de moi et de la vie au bloc E en général. C'était juste après l'arrivée de Delacroix, quand Brutal et moi l'avions empêché de matraquer le Français comme il aurait tant aimé le faire. Ce qui avait le plus vexé cette teigne, c'est que je lui avais ordonné de dégager de ma vue. Pour lui, on ne parlait pas comme ça à un homme qui était apparenté au gouverneur.

Moores m'apprit donc qu'il s'était efforcé d'amadouer Percy aussi longtemps qu'il l'avait pu mais qu'en voyant qu'il était fermement décidé à tirer les ficelles pour que je me retrouve affecté ailleurs, voire proprement viré, il l'avait pris à part et lui avait promis que, s'il abandonnait son projet de représailles, lui, Moores, veillerait personnellement à ce qu'il soit en première ligne pour l'exécution de Delacroix. Il serait placé juste à côté de la chaise. J'assumerais mes responsabilités, comme toujours, mais les témoins ne s'en apercevraient pas ; pour eux, ce serait Percy Wetmore le patron, celui qui donne l'ordre d'envoyer le jus. Moores ne promettait rien de plus que ce dont nous étions déjà convenus mais ça, Percy l'ignorait. Il accepta donc de ne pas chercher à me nuire en haut lieu, et le bloc E connut un état de grâce. Il laissa même Delacroix garder sa souris dans sa cellule. C'est stupéfiant comme les hommes peuvent changer, sitôt qu'on leur brandit une carotte sous le nez ; dans le cas de Percy, le directeur n'avait eu rien d'autre à lui proposer que d'être le bourreau du petit Français.

9

Toot-Toot trouva que quatre *cents*, c'était vraiment trop peu pour une boîte de Corona en excellent état, et en cela il n'avait pas tort — les boîtes à cigares étaient des objets hautement prisés en prison. On pouvait y ranger toutes sortes de petits articles, l'odeur était agréable, et il y avait quelque chose en elles qui rappelaient à nos clients quel goût avait la liberté. Parce que les cigarettes étaient permises en prison mais pas les cigares, j'imagine.
Dean Stanton, qui était de retour au bloc E à ce moment-là, contribua d'un penny, et j'en ajoutai un moi-même. Puis, comme Toot-Toot renâclait encore, Brutal entreprit de le convaincre. Il commença par lui dire qu'il devrait avoir honte de se montrer aussi radin, puis il promit que lui, Brutus Howell, lui restituerait la boîte en main propre (une façon de parler, vu la crasse légendaire de Toot) le lendemain de l'exécution du sieur Delacroix.
— Six *cents*, c'est peut-être pas assez pour toi, si tu devais vendre cette boîte de cigares — et encore, ça se discute, a dit Brutal. Mais reconnais que c'est un sacré bon prix pour une location. Delacroix prend le départ sur la ligne verte dans cinq, six semaines

au plus. Cette foutue boîte sera de retour dans ta carriole sans que t'aies vu passer le temps.

— Ouais, et s'il tombe sur un juge au cœur tendre qui lui refile du rab, c'est pas demain la veille qu'y nous chantera *Ce n'est qu'un au revoir, mes frères*.

Voilà ce qu'a répondu Toot, mais il savait bien que ça ne risquait pas d'arriver. Ce vieux grigou poussait sa roulante avec ses slogans bibliques plein la carrosserie depuis le temps du Pony Express, pratiquement, et il ne manquait pas de sources, et des plus sûres que les nôtres. Il savait que Delacroix ne risquait pas d'attendrir un seul juge à la ronde. L'unique espoir du cajun, c'était le gouverneur qui, en règle générale, n'accordait pas sa clémence à des zigotos qui avaient flambé une douzaine de ses électeurs.

— Et même s'il a pas de sursis, cette souris va chier dans cette boîte jusqu'au mois d'octobre, si c'est pas jusqu'à Thanksgiving, a encore plaidé Toot, mais Brutal voyait bien que le bonhomme faiblissait. Après ça, qui c'est-y qui va m'acheter une boîte de cigares qu'aura servi de chiotte à une souris ?

— Jésus-Marie-Joseph ! s'est récrié Brutal. Ça, Toot, c'est la plus belle connerie que j'aie jamais entendue. T'as décroché la timbale. D'abord, Delacroix gardera cette boîte propre comme un sou neuf et il aime tellement cette bestiole qu'il la torchera avec la langue, s'il faut.

— Arrête, tu vas m'faire gerber, a dit Toot avec une grimace à l'huile de ricin.

— Ensuite, a repris Brutal, une crotte de souris, c'est pas une grosse affaire. Ç'a pas touché le sol que c'est déjà sec et ça ressemble à du p'tit plomb. Tu secoues la boîte, et terminé.

Le vieux Toot savait quand il fallait arrêter les

frais ; il avait traîné assez longtemps dans la cour pour comprendre qu'on pouvait affronter la brise mais qu'il valait mieux affaler dans la tempête. De tempête, ça n'en était pas vraiment une, mais nous, les matons, on aimait cette souris et ça nous plaisait que Delacroix l'adopte, aussi y avait-il du fort coup de vent dans l'air.

C'est ainsi que Delacroix a eu sa boîte et que Percy a tenu parole : deux jours après, il apportait le coton de l'infirmerie. Il a insisté pour le donner lui-même et je pouvais voir la peur dans les yeux de Delacroix quand il a tendu la main à travers les barreaux. Il redoutait que Percy ne lui brise les doigts. Moi aussi, je le craignais, mais il n'est rien arrivé de tel. Ç'a été la seule fois où j'ai éprouvé un semblant de sympathie pour Percy, même si on ne pouvait se méprendre sur cette lueur froidement amusée dans ses yeux. Delacroix avait un petit animal de compagnie ; Percy aussi. Chacun le sien. Delacroix en prendrait soin et l'aimerait aussi longtemps qu'il le pourrait ; Percy attendrait patiemment (aussi patiemment qu'un homme tel que lui pouvait le faire), et puis le brûlerait vif.

— Le Hilton des souris a ouvert ses portes, a dit Harry. La question est : est-ce que Mister Jingles sera client ?

La question trouva réponse dès que Delacroix souleva Mister Jingles dans sa main et le déposa doucement dans la boîte. La souris se blottit aussitôt dans le blanc coton comme Mamzelle Frileuse sous sa couette et ce fut là sa chambre jusqu'à ce que... Ma foi, je vous raconterai la fin de l'histoire de Mister Jingles dans un petit moment.

Les inquiétudes de Toot-Toot, qui voyait déjà sa boîte à cigares transformée en latrines, s'avérèrent totalement infondées. Je n'y ai jamais surpris une seule crotte, et Delacroix prétendait que la souris ne faisait même pas dans sa cellule. Beaucoup plus tard, quand Brutal m'a montré le trou dans la solive et que nous avons trouvé les éclats de bois coloriés, j'ai sorti une chaise de la cellule de contention et j'ai découvert dans un coin un tas de crottes. Mister Jingles avait toujours fait ses petites affaires au même endroit, aussi loin de nous qu'il le pouvait. Et encore autre chose : je n'ai jamais vu non plus une trace de pisse, et les souris ont du mal à garder le robinet fermé plus de deux minutes, surtout pendant qu'elles mangent. Je vous l'ai dit, cette bestiole était l'un des mystères de Dieu.

Environ une semaine après l'installation de Mister Jingles dans sa boîte à cigares, Delacroix nous a appelés, Brutal et moi, pour nous montrer quelque chose. Il le faisait tellement souvent que ça en devenait lassant — que Mister Jingles se roule sur le dos les pattes en l'air, et on aurait dit que cette demi-pinte de cajun n'avait jamais rien vu de plus extraordinaire au monde — mais, cette fois, le spectacle valait le déplacement.

Delacroix avait été oublié par le monde après sa condamnation, mais il avait une tante, restée vieille fille, qui lui écrivait une fois par semaine. Elle lui avait aussi envoyé un énorme paquet de bonbons à la menthe, comme ceux qu'on vend aujourd'hui sous le nom de Canada Mints. Ils ressemblaient à de grosses pilules roses. Delacroix n'avait pas eu le droit de garder le paquet, qui devait faire deux kilos cinq, parce qu'il aurait été capable d'en manger jusqu'à s'en rendre malade. Comme presque tous ceux que nous avons vus passer au bloc E, il n'avait aucun sens de la modération. Nous lui donnions ses bonbons par douze à la fois, et seulement quand il nous le demandait.

Quand nous sommes arrivés, Mister Jingles était sur la couchette à côté de Delacroix. Un bonbon à la menthe bien calé entre ses pattes, il croquait dedans avec ardeur. Delacroix était tout bonnement béat de plaisir — on aurait dit un pianiste écoutant son fils jouer sa première fugue. Mais ne vous méprenez pas : c'était tordant, vraiment. Le bonbon était plus gros que la tête de Mister Jingles et son ventre couvert de poils blancs avait déjà pris une jolie rondeur.

— Enlève-lui ça, Eddie, a dit Brutal, partagé entre le rire et l'inquiétude. Il va se faire péter la panse. Ça pue la menthe jusqu'ici. Combien tu lui en as donné, déjà ?

— C'est son deuxième, a répondu Delacroix en jetant un regard inquiet au bedon de Mister Jingles. Vous croyez qu... qu'y peut s'faire péter la panse ?

— Ça s'pourrait, a dit Brutal.

L'avis a dû convaincre Delacroix, car il a cueilli le bonbon entre les pattes de la souris. Je m'attendais qu'elle le morde mais elle l'a laissé lui prendre sa menthe — du moins, ce qu'il en restait — avec une soumission d'enfant sage. J'ai regardé Brutal, et il a secoué la tête, comme pour dire que non, il ne comprenait pas plus que moi. Puis Mister Jingles s'est affalé dans sa boîte d'un air las et repu qui nous a tous fait éclater de rire. Après ça, nous avons pris l'habitude de voir la souris assise à côté de Delacroix en grignotant sa sucrerie aussi proprement qu'une vieille dame invitée pour le thé, tous deux baignant dans cette senteur mentholée que, plus tard, j'ai reniflée dans le trou de la solive.

Il y a encore une chose que je dois vous raconter sur Mister Jingles avant d'en arriver au cyclone appelé William Wharton, qui allait souffler sur le bloc E.

Pas plus d'une semaine après le coup des bonbons à la menthe — à ce moment-là, nous avions la certitude que Delacroix ne gaverait pas à mort son petit compagnon —, le Français m'a appelé depuis sa cellule. J'étais seul momentanément, Brutal était allé à l'intendance faire je ne sais quoi, et le règlement stipulait qu'il fallait toujours être au minimum deux pour approcher un détenu. Mais comme j'aurais pu, un jour de forme, soulever d'une main Delacroix et gagner avec lui le concours de lancer de nains, j'ai oublié le règlement et je suis allé voir ce qu'il voulait.

— Regardez ça, boss Edgecombe. Regardez c'que Mister Jingles peut faire !

Il a tendu la main derrière la boîte à cigares et m'a montré une petite bobine en bois, de celles dont on se sert pour enrouler du fil.

— Où est-ce que t'as eu ça ?

Je connaissais la réponse. Il n'avait pu l'avoir que d'une seule personne.

— Le vieux Toot-Toot. Regardez, maint'nant.

Je regardais déjà et voyais Mister Jingles, les pattes avant appuyées sur le rebord de sa boîte, ses yeux noirs fixés sur le petit cylindre que Delacroix tenait entre le pouce et l'index. Un drôle de frisson m'a sillonné le dos. Jamais je n'avais vu d'animal observer quelque chose avec une telle acuité, une telle intelligence. Je ne crois pas que cette souris ait été une espèce d'incarnation surnaturelle et, si je vous ai mis cette idée en tête, je le regrette, mais je n'ai jamais douté qu'elle était un génie de son espèce.

Delacroix s'est penché en avant et a fait rouler la bobine sans fil sur le sol de la cellule. Elle roulait facilement, comme une paire de roues montées sur un axe. La souris a bondi de sa boîte en un éclair de poils gris et a couru après comme un chien allant chercher la baballe. J'ai poussé une exclamation de stupeur, et Delacroix s'est fendu d'un grand sourire.

La bobine a heurté le mur et a rebondi. Mister Jingles en a fait le tour et a entrepris de la rapporter jusqu'à la couchette, poussant de droite ou de gauche, dès qu'elle déviait de sa course. L'instant d'après, le petit rouleau touchait le pied de Delacroix.

Mister Jingles a regardé son maître pendant un moment, comme pour s'assurer que celui-ci n'avait pas d'autre service à lui demander (un problème d'arithmétique à résoudre, peut-être, ou un peu de latin à traduire). Puis, avec la satisfaction du devoir accompli, il a repris place dans sa boîte à cigares.

— Et tu lui as appris ça, j'ai dit.

— Oui, boss Edgecombe, m'a répondu Delacroix sans cesser de sourire. Y va m'la chercher, à chaque fois. C'Mister Jingles, l'est futé comme trente-six diables !

— Et la bobine ? je lui ai demandé. Qu'est-ce qui t'a donné l'idée de lui en trouver une, Eddie ?

— Y m'chuchote à l'oreille qu'y en veut une, a dit Delacroix, serein comme un moine. Pareil qu'avec son nom.

Delacroix a montré le tour aux autres gars — tous, sauf Percy. Pour Delacroix, ça ne comptait pas que Percy soit à l'origine de la boîte à cigares et qu'il ait fourni le coton et tout. Delacroix était comme certains chiens ; filez-leur une fois un coup de pied et plus jamais ils ne vous font confiance, même si vous êtes gentil avec eux.

Je l'entends encore, Delacroix : *Ohé, les gars ! V'nez*

voir c'qui sait faire, Mister Jingles! Et la bande de matons de s'agglomérer devant la cellule — Brutal, Harry, Dean, même Bill Dodge. Tous proprement sur le cul, comme je l'avais été moi-même.

Trois ou quatre jours après que Mister Jingles a commencé de faire son numéro de la bobine, Harry Terwilliger fouilla parmi les articles de papeterie qu'on gardait dans la cellule capitonnée, trouva les crayons de couleur et les apporta à Delacroix avec un sourire embarrassé sur les coins.

— J'ai pensé que tu pourrais colorier cette bobine. Comme ça, Mister Jingles aura l'air d'une souris de cirque.

— Une souris de cirque! s'est exclamé Delacroix, fou de bonheur.

Heureux, je pense qu'il l'était, et peut-être pour la première fois de sa misérable vie. Il n'en revenait pas.

— T'entends ça, Mister Jingles? T'es une souris de cirque! Quand j'sortirai d'ici, m'sieur Harry, on va en monter un, d'cirque, lui et moi, et on s'ra riches, vous verrez!

Percy Wetmore n'aurait pas manqué de faire remarquer à Delacroix que le jour où celui-ci sortirait de Cold Mountain, ce serait dans une ambulance qui n'avait pas besoin de sirène, mais Harry, bien sûr, n'a rien dit de la sorte. Il a seulement conseillé au Français de barioler de toutes les couleurs la bobine et de le faire vite, parce qu'il devait remettre les crayons en place après dîner.

Pour colorier, il a colorié, Del. Quand il a eu fini, une roue était jaune, l'autre verte et l'axe au milieu rouge pompier. On s'est vite habitués à entendre Delacroix trompeter : « Et maint'nant, m'sieurs-dames, le Cirrrque du Soleil prrrésente Mister

Jingles, la sourrris trrrès savante et forrrmidable ! »
Puis il faisait un drôle de bruit de gorge, une espèce de gargarisme — je suppose qu'il voulait imiter le roulement d'un tambour — et lançait la bobine. Mister Jingles courait après et la rapportait soit en la poussant soit, encore plus fort, en la faisant rouler avec ses pattes. Pas de doute, c'était là un véritable numéro de cirque qui ne vous aurait pas fait regretter votre argent.

Delacroix et la souris à la bobine tricolore étaient devenus notre principale attraction quand John Caffey a pris pension chez nous et les choses sont restées ainsi pendant quelque temps. Puis mon infection urinaire, qui m'avait lâché la grappe ces derniers jours, est revenue, précédant l'arrivée de William Wharton, qui apportait l'enfer avec lui.

10

Les dates me sont, pour la plupart, sorties de la tête. Bien sûr, je pourrais toujours demander à ma petite-fille, Danielle, de chercher certaines d'entre elles dans les journaux de l'époque, mais à quoi bon ? Les plus importantes, comme le jour où Delacroix nous a appelés et qu'on a vu la souris perchée sur son épaule ou celui où William Wharton est arrivé et a bien failli tuer Dean Stanton, n'y seraient pas, dans les journaux, de toute manière. Peut-être vaut-il mieux que je continue comme je l'ai fait jusqu'à présent ; en fin de compte, les dates ne sont pas essentielles, dès lors qu'on se souvient des événements et qu'on arrive à les classer dans l'ordre.

Faut dire que les événements se sont un tantinet bousculés. Quand j'ai enfin reçu du bureau de Curtis Anderson l'ordre d'exécution de Delacroix, ça m'a étonné de constater que le rendez-vous de notre pote cajun avec la Veuve Courant avait été avancé — un fait surprenant, même en ces temps où la mise à mort d'un homme soulevait moins d'émotion chez les bonnes âmes que celle d'un chien écrasé. Avancé de deux jours : le 25 octobre, au lieu du 27. Je ne suis pas sûr de la date, mais je me souviens bien de

— m'être dit que le vieux Toot récupérerait sa boîte à cigares plus tôt que prévu.

Wharton, de son côté, eut du retard sur son horaire d'arrivée. Primo, son procès dura quatre ou cinq jours de plus que ne l'avaient prédit les sources d'Anderson, pourtant réputées sûres (nous découvririons bien vite qu'avec Wharton rien n'était jamais « sûr », et surtout pas nos méthodes éprouvées et supposées infaillibles de maîtrise des détenus). Deuxio, après que le jury l'eut déclaré coupable — du moins, sur le papier —, il fut emmené à l'hôpital d'Indianola pour y subir des examens. Il avait eu plusieurs crises pendant le procès, dont deux assez graves pour l'expédier au tapis agité de convulsions et tambourinant des pieds sur le plancher. Son avocat, commis d'office, prétendait que son client souffrait d'épilepsie et qu'il avait perpétré ses crimes en état de démence. L'accusation, quant à elle, criait à la simulation et voyait là l'échappatoire scandaleuse d'un lâche qui cherchait à sauver sa peau. Témoins de ces « crises d'épilepsie », les jurés avaient suivi le procureur : en leur âme et conscience, c'était du bidon. Le juge s'était rangé à leur avis mais n'en avait pas moins ordonné une série d'examens avant de prononcer sa sentence. Dieu sait pourquoi ; peut-être était-ce simple curiosité de sa part.

C'est un miracle que Wharton ne se soit pas échappé de l'hôpital (et qu'il s'y soit trouvé en même temps que Melinda, l'épouse du directeur Moores, avait quelque chose d'ironique qui n'échappa à aucun de nous). Toujours est-il qu'il ne s'évada pas. Je suppose qu'il était sévèrement gardé et peut-être avait-il l'espoir d'être déclaré irresponsable de ses actes. Tout le monde a le droit de rêver.

Les médecins ne lui trouvèrent rien d'anormal —

physiologiquement, s'entend — et Billy The Kid Wharton fut déclaré bon pour Cold Mountain. Ce devait être autour du 18 octobre ; si mes souvenirs sont bons, Wharton est arrivé deux semaines après John Caffey et une semaine avant que Delacroix franchisse la ligne verte.

Je ne suis pas près d'oublier le jour où notre nouveau psychopathe nous a rejoints. Je me suis réveillé ce matin-là avec l'entre-jambes mal en point, le pénis brûlant et aussi enflé que si je l'avais fourré dans un nid de frelons. Avant même que je balance les jambes hors du lit, je savais que mon infection urinaire était repartie pour un tour, alors que j'avais cru à une amélioration. J'avais seulement eu droit à une accalmie.

J'ai mis le cap sur les gogues, qui se trouvaient alors dans le jardin (ce n'est que trois ans plus tard qu'on a fait installer les toilettes dans la maison) et je n'avais pas atteint la pile de bûches au coin de la baraque que j'ai compris que je ne pourrais pas tenir un pas de plus. J'ai baissé mon pantalon de pyjama presque en même temps que le robinet s'ouvrait de lui-même, et ce jet charriait avec lui la douleur la plus crucifiante de ma vie. J'ai eu des calculs rénaux en 1956, et je sais que les gens disent qu'il n'y a rien de pire ; eh bien, ces coliques néphrétiques n'étaient pas plus douloureuses qu'une brûlure d'estomac, comparées à cette torture.

Ça m'a coupé les jambes et je suis tombé à genoux, déchirant le fond de mon pyjama en écartant les jambes pour ne pas choir la tête la première dans ma propre pisse. Et encore aurais-je fait le plongeon si je ne m'étais pas soutenu de ma main libre à la pile de bois. Ce sale moment aurait pu se situer en Australie aussi bien que sur une autre planète, parce que je ne savais plus où j'étais. Il n'y avait plus que ce feu me ravageant le bas-ventre ; mon pénis — un organe auquel je n'accordais jamais d'intérêt en dehors des moments où il me procurait le seul plaisir digne de ce nom que Dieu ait jamais concédé à Adam et à ses descendants — me donnait l'impression de fondre à la flamme d'un chalumeau intérieur. Et, tandis que je le regardais, m'attendant à un flot de sang fumant, je ne voyais qu'un pipi des plus anodins.

Je me suis accroché aux bûches d'une main et j'ai plaqué l'autre sur ma bouche. Je ne tenais pas à réveiller ma femme par des hurlements. Et cette pisse qui n'en finissait pas. Le temps que la dernière goutte perle, la douleur s'était déplacée dans mon ventre et dans mes testicules, pour y planter ses dents de rouille. Pendant un long moment — peut-être bien une minute — j'ai été incapable de me relever. Enfin, la douleur a commencé de se calmer et je me suis remis debout avec peine. Mon urine s'enfonçait déjà dans le sol et je me suis demandé si Dieu n'était pas un rien sadique, lui qui avait créé un monde où l'on souffrait le martyre pour évacuer quelques malheureuses gouttes.

Je vais me faire porter pâle, me suis-je dit, et je vais aller voir le Dr Sadler, pour en finir avec cette saloperie. Je détestais la puanteur et les effets des sulfamides de ce bon docteur, mais j'étais prêt à ingurgiter n'importe quoi plutôt que de me retrouver agenouillé dans la terre humide, à pisser des lames de rasoir en me retenant de hurler à la mort.

Mais, alors que je prenais de l'aspirine dans la cuisine et que j'écoutais les légers ronflements de Jane dans la chambre voisine, je me suis souvenu que c'était aujourd'hui que débarquait William Wharton et que Brutal était de service à l'autre bout de la prison, à aider au déménagement de la bibliothèque et de ce qui restait encore dans l'ancienne infirmerie. Douleur ou pas, ça ne me plaisait pas de laisser Dean et Harry s'occuper seuls de Wharton. C'étaient des hommes sûrs, mais le rapport de Curtis Anderson disait noir sur blanc que Wild Bill était une catastrophe ambulante. *Ce type se fout de tout*, avait-il écrit et souligné.

La douleur commençait à desserrer son étau et j'étais au moins capable de réfléchir. Le mieux était encore de partir tôt à la prison. Je pouvais être là-bas à six heures, heure à laquelle le directeur Moores arrivait d'habitude. Il pourrait donner l'ordre de réaffecter Brutus Howell au bloc E à temps pour la réception du colis empoisonné. Et moi, j'en profiterais pour aller, non pas chez, mais « au » Dr Sadler, car c'était bien d'une reddition qu'il s'agissait.

Par deux fois sur la route — Cold Mountain était à une trentaine de kilomètres de chez moi —, j'ai dû m'arrêter pour pisser, et ce, sans choquer personne, vu qu'à cette heure matinale la circulation sur les routes de campagne était inexistante. Aucune de ces deux vidanges n'a été aussi douloureuse que celle qui m'avait coupé les pattes un peu plus tôt mais chaque fois, j'ai quand même dû m'accrocher à la portière de ma petite Ford pour ne pas vaciller, sans parler de la sueur qui m'inondait le visage. Pas de doute, j'étais vraiment malade.

Mais j'ai tenu bon ; je suis entré par la porte sud, me suis garé à mon emplacement habituel et suis monté voir le directeur. Il devait être six heures. Mlle Hannah n'était pas encore là ; elle n'arriverait qu'à sept heures — ce qui était déjà passablement matinal — mais il y avait de la lumière dans le bureau de Moores.

J'ai frappé à la porte dont la partie supérieure était en verre dépoli et j'ai ouvert sans attendre de réponse. Moores a tressailli, étonné de voir quelqu'un si tôt, et j'aurais donné cher pour ne pas le surprendre dans l'état où il était. Lui, que j'avais toujours vu soigné, bien peigné, avait les cheveux en bataille, les yeux rougis, les paupières gonflées et un teint d'une pâleur à faire peur. On aurait dit un homme venant d'arriver au refuge après une longue marche en montagne par une nuit noire et glaciale.

— Je suis désolé, Hal, je reviendrai plus tard...
— Non, entre, Paul. Et ferme la porte, tu veux ? J'ai jamais eu autant besoin de ma vie de voir quelqu'un. Entre.

J'ai fait ce qu'il me demandait, oubliant ma propre misère pour la première fois depuis que je m'étais réveillé le matin.

— C'est une tumeur au cerveau, m'a dit Moores sans préambule. Ils ont fait un tas de radios et ils en étaient tout contents. L'un d'eux m'a dit que c'étaient les plus beaux clichés qu'ils aient jamais faits et qu'ils allaient les publier dans une revue médicale en Nouvelle-Angleterre. La tumeur est grosse comme un citron, et trop profonde pour qu'ils puissent opérer. D'après eux, Melinda ne passera pas Noël. Je ne lui ai pas dit. Je ne sais pas comment lui annoncer ça. Comment je...

Il a brusquement éclaté en sanglots qui m'ont empli de chagrin et de crainte à la fois — quand un homme aussi réservé que l'était Hal Moores lâche prise de cette façon, c'est une chose effrayante à voir. Je suis resté là, debout devant le bureau pendant de longues secondes, et puis je suis allé à lui et j'ai passé mon bras autour de ses épaules. Il s'est tourné et s'est accroché à moi, comme un homme qui se noie, en sanglotant contre mon ventre, sans retenue. Plus tard, quand il a retrouvé le contrôle de lui-même, il s'est excusé. Il l'a fait sans me regarder dans les yeux, tellement il se sentait gêné. Un homme peut en arriver à haïr celui qui l'a vu dans toute sa faiblesse. Je me suis dit que le directeur Moores n'était pas de cette espèce, mais il ne m'est pas venu une seule fois à l'esprit de lui avouer la raison de ma visite. Quand je l'ai laissé, au lieu de regagner ma voiture, je suis allé tout droit au bloc E. L'aspirine faisait son effet et la douleur s'était réduite à un élancement supportable. Allez, je tiendrais le coup. On mettrait Wharton au frais et, dans l'après-midi, je passerais revoir Hal Moores. Demain, j'irais voir le Dr Sadler. Enfin, quoi, j'avais traversé le plus difficile. J'ignorais encore que le pire, dans toute cette journée de malheur, n'avait pas encore pointé son groin.

11

— On pensait qu'il était encore dans les vapes après ses examens, expliquait Dean, ce soir-là.

Il parlait bas, d'une voix cassée, et avait au cou un collier d'ecchymoses violettes tirant sur le noir. Je voyais bien que ça lui faisait mal de parler et j'ai failli lui dire de laisser tomber mais, parfois, se taire peut être encore plus douloureux. C'était une de ces fois-là, alors, je me suis abstenu.

— Hein, qu'on a tous pensé qu'il était dans les vapes ?

Harry Terwilliger a hoché la tête. Même Percy, assis dans son coin de pestiféré, a acquiescé.

Brutal et moi, nous nous sommes regardés ; on avait la même chose en tête : c'est toujours comme ça dans la vie ; vous naviguez peinard, tout marche selon les lois de la pesanteur, et puis vous faites une petite erreur et, poum ! le ciel vous tombe sur la tête. Ils s'étaient dit qu'il était encore sous l'effet des calmants ; logique, sauf que personne n'avait cherché à vérifier. Il y avait, je crois, quelque chose d'autre dans le regard de Brutal : Harry et Dean tireraient la leçon de leur erreur. Surtout Dean, qui avait failli rentrer chez lui les pieds devant. Percy, lui, n'en apprendrait rien. Tout ce qu'il savait faire, c'était bouder dans son coin, parce qu'il était une fois de plus dans la merde.

Ils étaient sept à être partis à Indianola chercher Wild Bill Wharton : Harry, Dean, Percy, et quatre autres gardiens, deux devant, deux derrière (j'ai oublié leurs noms). Ils ont pris la fourgonnette qu'on surnommait la diligence — une Ford avec des parois renforcées de plaques de tôle et un pare-brise censé être à l'épreuve des balles. L'engin avait une allure bizarre : entre le camion de lait et le char d'assaut.

C'était Harry Terwilliger qui, en sa qualité de doyen des anciens, était responsable des opérations. Il a remis l'ordre de transfert au shérif du comté (pas Homer Cribus mais de la même espèce cul-terreuse) qui, en retour, lui a confié M. William Wharton, rejeton de l'enfer, comme aurait dit Delacroix.

L'intendance avait envoyé une tenue réglementaire mais le shérif et ses hommes n'avaient pas daigné en vêtir Wharton et avaient laissé ce soin à nos garçons. Wharton était en pyjama et pantoufles de l'hôpital quand la petite troupe est montée dans sa chambre au premier étage. Un type maigre avec un visage étroit et boutonneux, de longs cheveux filasse. Son pyjama tombait dans le dos, dévoilant son cul, étroit et boutonneux comme son visage. C'est même la partie de Wharton que Harry et les autres ont découverte en premier, parce que le gonze regardait par la fenêtre grillagée le parking où le fourgon était garé. Il ne s'est pas retourné et a continué de tenir le rideau écarté d'une main, aussi immobile et silencieux qu'un mannequin, tandis que Harry reprochait au shérif de ne pas avoir habillé le prisonnier, ce à quoi l'apostrophé répliqua — comme tout shérif qui se respecte — que cela n'entrait pas dans les « devoirs de sa tâche ». Et d'énumérer lesdits devoirs.

Quand Harry s'est fatigué de ce blabla (ce qui n'a pas dû lui prendre longtemps), il a dit à Wharton de se retourner. Wharton a obéi. Il n'avait pas l'air différent, poursuivit Dean de sa voix éraillée et laborieuse, de toutes les têtes de mule qu'on avait tous vues passer par Cold Mountain : un balourd avec de mauvais instincts. Parfois on découvre qu'ils sont lâches, quand ils ont le dos au mur, mais le plus souvent ils sont comme des chiens méchants. Mordre leur est naturel. Il y a des gens qui voient de la noblesse chez les Billy Wharton. Pas moi. Acculé, un rat aussi se battra. Le visage de cet homme ne semblait pas avoir plus de personnalité que son cul constellé d'acné, selon Dean. Il avait la mâchoire pendante, le regard lointain, les épaules voûtées, les bras ballants. Il avait l'air shooté à la morphine et aussi naze qu'un camé pouvait l'être.

A ces paroles, Percy a de nouveau acquiescé d'une tronche renfrognée.

— Enfile ça, a dit Harry en indiquant la tenue posée au pied du lit.

On l'avait sortie de son papier d'emballage marron mais personne n'y avait touché et elle était encore pliée comme ils le font à la blanchisserie de la prison, avec un caleçon de coton blanc et une paire de chaussettes blanches glissées dans les manches, une présentation maison.

Wharton se montra de bonne volonté mais fut incapable d'aller bien loin sans aide. Il eut raison du caleçon mais, quand ce fut le tour du futal, il s'obstina à fourrer les deux pieds dans une seule jambe. Dean finit par l'aider, alla jusqu'à lui remonter la fermeture Eclair de la braguette et lui ferma le bouton de la ceinture, tandis que Wharton restait là comme un empoté, ne se donnant même pas la peine de participer à la manœuvre. Il regardait les murs sans les voir, les mains molles, et il ne vint à l'esprit d'aucun des hommes que le petit salopard simulait. Non dans l'espoir de se faire la belle (du moins je ne le pense pas) mais dans le seul but de causer le maximum de dégâts sitôt que l'occasion se présenterait.

Les papiers furent signés. William Wharton, devenu la propriété du comté à son arrestation, appartenait désormais à l'Etat. Il fut emmené au rez-de-chaussée, passa par-derrière par les cuisines, entouré de ses sept gardiens. Il marchait la tête basse, les bras ballants. La première fois que sa casquette de toile bleue tomba, Dean la ramassa et la lui remit sur le crâne. La seconde fois, il se contenta de la fourrer dans sa poche revolver.

Wharton eut une nouvelle occasion de passer à l'acte dans la diligence, quand on l'enchaîna. Mais là encore, il se laissa faire sans broncher. S'il était capable de penser (ce dont je ne suis pas sûr, même maintenant), il a dû juger l'espace trop petit et ses anges gardiens trop nombreux pour que ça paie. Il se retrouva donc avec une chaîne entre les chevilles et une autre entre les poignets — cette dernière trop longue, comme il s'avéra par la suite.

Le trajet jusqu'à Cold Mountain leur prit une heure. Pendant tout ce temps, Wharton ne bougea pas le cul de son banc. La tête penchée en avant, les mains entravées pendouillant entre ses genoux. De temps à autre, il chantonnait, a dit Harry, et Percy est sorti de sa bouderie pour ajouter que ce grand con bavait, une goutte à la fois, jusqu'à ce qu'il y ait une petite flaque entre ses pieds. Comme un chien suant de la gueule par une chaude journée d'été.

Ils sont entrés par la grille sud et sont passés devant ma voiture, je suppose. Le garde a poussé la lourde porte qui sépare le parking de la cour de promenade et ils ont pris la direction du bloc E. Dans la cour, il n'y avait pas grand monde, la plupart des hommes travaillaient au potager — c'était la saison des potirons. Ils se sont arrêtés devant la porte du bloc. Le chauffeur est descendu déverrouiller la portière arrière, leur a dit qu'il allait vidanger la diligence, qui en avait bien besoin, et leur a souhaité une bonne journée. Les quatre autres gardiens sont repartis avec lui, laissant Wharton aux bons soins de Dean, de Harry et de Percy.

Trois matons pour un prisonnier enchaîné, c'était une escorte plus que suffisante. Enfin, ça aurait dû l'être et ça l'aurait été, s'ils ne s'étaient pas laissé abuser par ce gosse maigrelet, qui se tenait là, amorphe, comme ployant sous le poids de ses chaînes. Ils l'ont entraîné avec eux pour franchir les dix pas qui les séparaient de la porte d'entrée du bloc E. Ils marchaient en formation réglementaire, en triangle, Harry à la gauche de Wharton, Dean à sa droite, et Percy fermant la marche, sa matraque à la main. Personne ne m'a fait part de ce détail, mais je suis foutrement sûr qu'il l'avait sortie ; Percy aimait tant son bâton de noyer.

Quant à moi, j'attendais, assis dans la cage qui serait celle de Wharton, la première à droite dans le couloir quand vous alliez à la cellule de contention. J'avais mon bloc-notes à la main et je ne pensais à rien d'autre qu'à délivrer mon petit sermon et à me tirer de là. Je sentais que mon entre-jambes me réservait un méchant retour de bâton, si je puis dire, et je n'avais qu'une hâte : m'enfermer dans mon bureau et attendre que ça passe.

Dean s'est avancé pour ouvrir la porte. Il a choisi la bonne clé dans le trousseau accroché à son ceinturon et l'a glissée dans la serrure. Wharton est revenu à la vie au moment où Dean tournait la clé et actionnait la poignée. Il a poussé un hurlement strident, façon Apache, qui a littéralement pétrifié Harry pendant quelques secondes et a éliminé Percy Wetmore du reste du film. Ce hurlement, je l'ai entendu par la porte entrouverte, mais je ne l'ai pas tout de suite associé à un homme ; j'ai pensé qu'un chien s'était aventuré dans la cour et qu'il s'était pris un coup de binette d'une de nos bêtes à deux pattes.

Wharton a levé les bras, a passé la chaîne de ses poignets par-dessus la tête de Dean et a commencé de serrer. Dean a émis un cri étranglé et il a trébuché en avant dans la froide lumière électrique de notre petit monde. Wharton était heureux d'y entrer avec lui, il lui a même donné une poussée, et sans jamais cesser de brailler et aussi de rire. Il avait entrecroisé ses poignets et tirait de toutes ses forces sur la chaîne.

Harry s'est jeté sur le dos de Wharton, l'a agrippé d'une main par la tignasse et, de l'autre, l'a frappé à la tempe aussi fort qu'il a pu. Il était armé d'une matraque et d'un revolver mais, dans son émoi, il n'a sorti ni l'un ni l'autre. Des problèmes avec des détenus, vous vous doutez bien qu'on en avait déjà eu, mais jamais nous n'avions été pris par surprise comme avec Wharton. Sa sournoiserie nous dépassait. Je n'avais encore jamais vu de type comme lui — et n'en ai jamais revu.

Sous ses airs mollassons se cachait une force de canasson. Harry a dit plus tard qu'il avait eu l'impression de se jeter sur un enchevêtrement de ressorts d'acier qui se détendraient soudain. A ce moment de l'action, Wharton se trouvait dans le couloir au niveau du bureau de permanence et, tournoyant sur lui-même, il s'est débarrassé de Harry et l'a envoyé valdinguer contre la table.

— Youpi, les mecs ! il gueulait en riant. On s'marre bien, non ?

Hurlant toujours, il s'est remis à cisailler le cou de Dean avec la chaîne. Et pourquoi pas ? Wharton savait ce que Brutal savait : ils ne pouvaient l'exécuter qu'une fois.

— Frappe-le, Percy ! Frappe-le ! hurlait Harry en se relevant.

Mais Percy était là, paralysé avec sa matraque à la main, les yeux comme des soucoupes. Elle était là, pourtant, l'occasion qu'il attendait, aurait-on pensé, l'occasion en or d'en faire bon usage, de son cher bout de bois, mais il était trop paniqué pour réagir. Ah, ce n'était pas un petit Français terrifié ni quelque géant noir qui ne savait même pas s'il habitait son propre corps ; non, devant lui, tournoyait un démon.

J'ai lâché mon bloc-notes et je suis sorti de la cellule de Wharton en tirant mon 38. Oubliée, cette saleté d'infection, et pour la seconde fois de la journée. Je n'ai jamais douté de la description que m'ont faite les gars du Wharton aux gestes mous et au regard sans vie, mais ce n'était pas le Wharton que j'ai vu. Ce que j'ai vu, c'était un visage de bête — une bête non pas intelligente, mais pleine de ruse, de cruauté... et de joie. Une bête féroce née pour tuer. Peu lui importait le lieu et les circonstances. Ce que j'ai vu encore, c'était le visage de Stanton : violacé, les yeux révulsés. Dean Stanton était en train de mourir devant moi. Wharton a aperçu mon arme et il a tourné Dean dans ma direction pour que je ne puisse pas le toucher sans risquer d'atteindre mon collègue. Par-dessus l'épaule de Stanton, un œil bleu et étincelant me défiait de tirer.

(À suivre)

> Ne manquez pas le troisième
> épisode de *La ligne verte* :
> *Les mains de Caffey*
> en vente à partir du 24 mai 1996

Librio est une collection de livres à 10F réunissant plus de 100 textes d'auteurs classiques et contemporains.
Toutes les œuvres sont en texte intégral.
Tous les genres y sont représentés : roman, nouvelles, théâtre, poésie.

Alphonse Allais
L'affaire Blaireau
A l'œil

Richard Bach
Jonathan Livingston le goéland

Honoré de Balzac
Le colonel Chabert

Charles Baudelaire
Les Fleurs du Mal

René Belletto
Le temps mort
- L' homme de main
- La vie rêvée

Pierre Benoit
Le soleil de minuit

Bernardin de Saint-Pierre
Paul et Virginie

André Beucler
Gueule d'amour

Alphonse Boudard
Une bonne affaire

Ray Bradbury
Celui qui attend

John Buchan
Les 39 marches

Francis Carco
Rien qu'une femme

Jacques Cazotte
Le diable amoureux

Muriel Cerf
Amérindiennes

Jean-Pierre Chabrol
Contes à mi-voix
- La soupe de la mamée
- La rencontre de Clotilde

Andrée Chedid
Le sixième jour
L'enfant multiple

Bernard Clavel
Tiennot
L'homme du Labrador*

Jean Cocteau
Orphée

Colette
Le blé en herbe
La fin de Chéri
L'entrave

Corneille
Le Cid

Didier Daeninckx
Autres lieux

Alphonse Daudet
Lettres de mon moulin
Sapho

Denis Diderot
Le neveu de Rameau

Philippe Djian
Crocodiles

Fiodor Dostoïevski
L'éternel mari*

Arthur Conan Doyle
Sherlock Holmes
- La bande mouchetée
- Le rituel des Musgrave
- La cycliste solitaire
- Une étude en rouge
- Les six Napoléons
- Le chien des Baskerville*

Alexandre Dumas
La femme au collier de velours

Claude Farrère
La maison des hommes vivants

Gustave Flaubert
Trois contes

Anatole France
Le livre de mon ami*

Théophile Gautier
Le roman de la momie

Genèse (La)

Goethe
Faust

Nicolas Gogol
Le journal d'un fou*

Frédérique Hébrard
Le mois de septembre

Victor Hugo
Le dernier jour d'un condamné

Franz Kafka
La métamorphose

Stephen King
Le singe
La ballade de la balle élastique
La ligne verte
(en 6 épisodes)

Madame de La Fayette
La Princesse de Clèves

Longus
Daphnis et Chloé

Pierre Louÿs
La Femme et le Pantin

Howard P. Lovecraft
Les Autres Dieux

Arthur Machen
Le grand dieu Pan

Félicien Marceau
Le voyage de noce de Figaro

Guy de Maupassant
Le Horla
Boule de Suif
Une partie de campagne
La maison Tellier
Une vie

Prosper Mérimée
Carmen
Mateo Falcone

Molière
Dom Juan

Alberto Moravia
Le mépris

Alfred de Musset
Les caprices de Marianne

Gérard de Nerval
Aurélia

Ovide
L'art d'aimer

Charles Perrault
Contes de ma mère l'Oye

Platon
Le banquet

Edgar Allan Poe
Double assassinat dans la rue Morgue
Le scarabée d'or

Alexandre Pouchkine
La fille du capitaine
La dame de pique

Abbé Prévost
Manon Lescaut

Ellery Queen
Le char de Phaéton
La course au trésor

Raymond Radiguet
Le diable au corps

Vincent Ravalec
Du pain pour les pauvres*

Jean Ray
Harry Dickson
- Le châtiment des Foyle
- Les étoiles de la mort
- Le fauteuil 27
- La terrible nuit du Zoo
- Le temple de fer*

Jules Renard
Poil de Carotte

Arthur Rimbaud
Le bateau ivre

Edmond Rostand
Cyrano de Bergerac*

Marquis de Sade
Le président mystifié

George Sand
La mare au diable

Erich Segal
Love Story

William Shakespeare
Roméo et Juliette
Hamlet
Othello

Sophocle
Œdipe roi

Stendhal
L'abbesse de Castro*

Robert Louis Stevenson
Olalla des Montagnes
Le cas étrange du Dr Jekyll et de M. Hyde*

Léon Tolstoï
Hadji Mourad

Ivan Tourgueniev
Premier amour

Henri Troyat
La neige en deuil
Le geste d'Eve
La pierre, la feuille et les ciseaux
La rouquine*

Albert t'Serstevens
L'or du Cristobal
Taïa

Paul Verlaine
Poèmes saturniens *suivi des* Fêtes galantes

Jules Verne
Les cinq cents millions de la Bégum
Les forceurs de blocus

Voltaire
Candide
Zadig ou la Destinée

Emile Zola
La mort d'Olivier Bécaille

* Titres à paraître

Achevé d'imprimer en Europe
à Pössneck (Thuringe, Allemagne)
en mars 1996
pour le compte de EJL
27, rue Cassette 75006 Paris

Dépôt légal mars 1996

*Diffusion France et étranger
Flammarion*